# 優しさに触れて

杉久保清美

SUGIKUBO Kiyomi

文芸社

# 目次

# 出会い

朝のルーティン。朝食作り。メニューは定番のバタートーストとハム、またはベーコンをそえた目玉焼き、そしてサラダ。

トーストを焼いてる間にマリーを起こす。霧島大夢（きりしまひろむ）は毎朝六時に起きて、この作業を繰り返している。

まりるの部屋のドアをコンコンとノックする。

「マリー、朝だよ。今日からアルバイト行くんでしょ？　起きて顔洗って朝ごはん!!」

と言いながら部屋に入って掛け布団をめくる。誰もいない。視線を移すと、マリーはイーゼルに掛けたB３サイズのキャンバスに向かっていた。

「あ、田村さんに頼まれた絵、描いてたの？　もしかして寝てないの？」

「……ひろむちゃん、おはよ。よる、おきて描いてたの。ようこちゃんにたのまれてたの、おもいだしたから……」

　マリーは人より少しだけ反応や行動、話すことも記憶をたどることも遅い。家事全般も任せていると終わらないので、大夢が担っている。特技欄に「家事」と書けるぐらい得意になっていた。

「田村さん」というのは、近くで画商をしている女性で、マリーの友人の一人だ。時々、「何でもいいから描いて」とマリーに依頼してくれる。ただ、マリーは人よりすべてが遅いから、頼まれても期日を守れないことが多いので趣味の域を超えない。それでも依頼してくれるので、本当にいい人だと大夢は思う。

「マリー、アルバイト行ける？　明日からにしてもらう？　でも初出勤で当欠はまずいよね」

　大夢はやれやれという感じで優しく話しかける。

「ん？　だいじょうぶだよ。ひろむちゃん。絵は、あとかわかすだけだから。このまま置いとけばいいし。あるばいと、きょうはせつめいと、サインするだけだって。きのう、たんとうのいわせさんが言ってたから。あーーっ、でもはやくおわるけど、五ふん前までにかいしゃに来てって言われてたんだ！　いそいでしたくしなきゃ！」

急ぐといってもマリーは遅い。本人いわく「急いでいる」そうだが、周りにはそう見えないのが残念だ。ゆっくり顔を洗って髪をとかして、朝食を食べる。あと三分で家を出ないとマリーのペースでは遅刻間違いなしなのだが、急ぐように言っても急げないので大夢は何も言わず、見守ることに徹する。

「ひろむちゃん。あとなんぷん？」

「もう出ないと、五分前に着くのは難しいよ」

「なら、ハムエッグはかえってから食べるから、このまま置いといて。まりる、もういくね」

「一人で本当に大丈夫？　それとメモ帳、ちゃんと……」

「うん。だいじょうぶ。れんしゅういっぱいしたから！　メモちょうは首にさげてるよ。じゃ！　行ってくるー」

「練習」というのは、会社までの道を自転車で何度か往復したこと。マリーは、他の人のように携帯で調べて電車やバスに乗っていくことができない。文字を読み間違うことがあって乗り遅れたり、乗り間違えたりで時間通りにたどりつけないことが多いのだ。

マリーの朝食にラップして、大夢も家を出る。彼は調律師であり楽器の修理もしている。修理は最近始めたばかりで修行中。

音に触れるのは本当に楽しい。マリーは、ちゃんと会社まで行けるだろうか……などと心に留めながら、大夢は自転車を漕いでいく。

「えーっと、しんごう二つめをひだり。ひだりはこっちの手だから……」

などとつぶやきながら、マリーは一つ一つ確認し、ゆっくり自転車を漕いでバイト先に到着。その場に自転車を停めた。すると、警備員に呼び止められた。

「自転車は建物の地下に駐輪場があるから、このまま真っすぐ道なりに行ってください。真っすぐ行くと地下に続いているので、行けば駐輪場はすぐわかりますし、地下から建物内に入れますので」

すぐに理解できないマリーは緊張しながら、

「あのう。きょうからここではたらきます。たなかまりるといいます」

と警備員に伝えたが、人が混雑してきたからか、

「あーはいはい。ともかくそのまま真っすぐ地下に行って！　行ったらわかるから！」

と追い立てるように答えた。マリーは言われるまま道なりに行き、地下へと自転車を漕いでいく。警備員が言っていた通りに道は地下に続き、すぐに「駐輪場」と看板があり、数台の自転車が停まっていた。そこは駐車場と一体になっていて、そのビルの関係者や来客用の駐車スペースがあり、車や自転車の出入りが多い。

マリーは空いているスペースに自転車を停めることはできたが、予定外のことが起きたために建物内への入り口がわからず、通りすがりの人に聞いたりしながら迷いに迷ってどうにか入る。入ると今度は説明会場に行かねばならない。自分で書いたメモを見ると、「10かい。けんしゅうしつ」と書いてあり、エレベーターに乗り込み「10」を押す。エレベーターを出ると、新人研修室までの案内書きが矢印付きであり、五分前とはいかなかったが時間ギリギリに着くことはできた。しかし、

「田中さん、五分前には着いて書類に目を通すように伝えましたよね。仕事を覚えるよりも時間を守っていただくことが重要な規則なので、今回はご縁がなかったということで。このままお帰りください」

研修室内のドアのそばにいた、紺色のスーツに髪を後ろで一つにキュッと束ね、色白の肌に愁いを帯びた赤い唇、眼鏡をかけた姿は若手キャリアウーマンといった感じの担当者

岩瀬リカは強い口調でマリーを追い返してしまう。

「ごめんなさい。あの……」

「言い訳はけっこうです！　何事も想定して行動すれば未然に防ぐことができるんです。初日からこれでは信用問題です！」

「ごめんなさい」

　マリーは困ったような悲しい笑顔でお辞儀をして、研修室を出た。すると、

「じゃ、俺も、ですね」

と手を挙げた男がいた。

　すらりと華奢な体つきで背が高く、ロングヘア。後ろから見たら女性と間違えるほどの綺麗な髪をしている男が立ち上がった。

「え？　何言ってるの？　あなたは時間前に来ていたじゃない」

「いや、俺、この人の少し前に来たんだよ。五分前ではなかった。というわけで俺も不合格。では、さよなら」

　マリーの後に続くようにして男も研修室を出る。男の名前は響渉（ひびきわたる）という。

「え？　うそ。待ってよ。渉！」

岩瀬リカは渉の後を追った。エレベーター前で追いつくと、

「渉。あなたはいいのよ。人事に話は通してあるんだから」

「あの人はだめで俺はいいって。俺そういうの嫌いだし、ここで働くって言ってねぇし」

「それは、あなたが仕事辞めたって言ってたから……」

「辞めたけど、仕事頼んでねえし、ここに来たのだって、説明なくて単純に十時五分前にここに来いってだけだったし」

「働かないと家賃とか払えねえなって渉が言ってたから……」

などと二人が水掛け論をしているそばで、マリーは来たエレベーターに乗り、先に下りていった。

「とにかく、俺につきまとうな。迷惑だ！」とリカを突き放し、次に来たエレベーターに乗り込んだ。リカは渉の後を追いかけたい心境に駆られたが研修室に戻り、席に着いて待っている今日からアルバイトの人たちに会社案内と業務説明を終わらせ、人事に報告した。

「田中まりるさんは、初日から時間厳守ができなかったので帰らせました。響渉さんも同様です」

「ん？　田中さんは就労支援といって特別枠で来たのに返したのかい？」

鋭い目つきで人事の安中大志（やすなかたいし）は尋ねた。

社長の方針で、社会貢献の一環として、障害が理由で働きたくても働けない人達に働く場を提供している。マリーの特別枠というのはそういう意味であった。

「ですから時間厳守は基本なので、守れないとなると業務に支障が……」

と繰り返す岩瀬リカの言葉を遮るように、

「ですからって何？　就労支援って意味を、君わかってる？　それに響さんって、君がゴリ押ししてきた人だよね？　知り合いなんだよね？」

と強い口調で押してくる安中に、リカは返す言葉が見つからず立ちつくしていた。

「ともかく。定員二十名のうち二名、穴を空けたわけだから、二名呼び戻すか、新しく見つけてくるか。頼むね」

「はい。かしこまりました」

不満げな表情で人事部から出たリカはスマホを取り出し、通信販売やネット販売の受注専門のコールセンター業務の会社なので周りに迷惑にならないようメッセージアプリを試すが、渉は既読にならない。我慢できずに電話をかけた。しかし、何度かけても呼び出しいった。

音が繰り返されるばかりで出る気配がなく、フーッとため息をついて自分の部署に戻って

エレベーターで地下まで下りたマリーは駐輪場まで行くと、自転車の鍵が見つからずに慌てた。鞄の中を全部出してみたがどこにもない。周りを探すが見当たらない。岩瀬リカがなんと言っていたかは早口でわからなかったが、ここで働くことはできないということは理解できていたので、自転車ごと抱えて地下から出ることにした。


「じてんしゃ、おおきくなくて、よかった」

とニッコリしながら、鍵が付いている前輪を持ち上げるように抱えて歩きだす。

マリーは働きだしたら、いくつかやりたいことを決めていた。そのうちの一つが、会社近くの広場のような公園に停まっているキッチンカーでランチをすること。「練習」で通っているときに大夢と立ち寄って、店主と顔見知りになっていたからだ。

まさか初日でクビになって自転車を抱えて帰ることになるとは思いもよらなかったから、マリーは少し気分が落ち込んでしまった。

そのキッチンカーでは、ホットドッグやサンドイッチといった軽食と数種類のドリンクが提供されている。店主の加納聡(かのうさとる)は、見た目は三十代後半、少し小太りで、浅黒く日に焼けた肌に白いTシャツ、黒のエプロン姿。目鼻立ちがはっきりしていて迫力のある顔つきだが、人懐っこい笑顔。カフェというよりは工事現場で働いていそうな感じが見受けられる。

加納はテキパキとランチの準備をしながら、ふと目線を上げると、自転車を抱えたマリーが近づいてくるのをとらえた。

「おーい！　マリー！」

と声をかけるが、マリーは気づかずゆっくりゆっくりゆっくり歩いてくる。

「もしかして、鍵なくしたか？　パンクか!?」

とつぶやきながらキッチンカーから降りて、マリーに駆け寄った。

「おい、マリー……ど、どした？」

「あ、かのちゃん、おはようございます」

「おは、おはようございます……じゃないよ、少ししか走ってないのに、ハアハア……俺も年だな……」

息切れして思うように話せない加納聡は、深呼吸して息を整えてから、

「自転車、どうした？」

「カギがないの」

「なくしたのか？　……よっしゃ！　運んでやるから店に寄っていきな」

と言い残し、マリーが抱える自転車をひょいと肩に担ぐと、来た道を走って戻っていった。

担ぐ姿にきょとんとしたマリーは、

「かのちゃん、すごーい」

と、加納の後をトコトコと歩いてついていく。

店に着くと、マリーは仕事をクビになったことや自転車の鍵をなくしたことなど、今朝起きたことをひととおり加納に聞いてもらった。

「そっかー、毎日練習して、一人でも通えるようになったって喜んでたのになぁ……でもさ、せっかく道覚えたんだから、時々ここに来てよ」

「はい。そうする。道おぼえたし、ひとりでこれるし」

気持ちが落ち着いてきたところで、マリーは座った姿勢で両腕を上げ、思いっきり伸びをした。

「はい」

マリーの後ろというより頭の上から声がしたので見上げると、すらりと華奢な体つきでロングヘアの男が立っていた。

「あんた、鍵落としただろ。自転車の」

渉はエレベーターに乗るマリーのポケットから何かが落ちたのが視界に入り、拾って追いかけて来たのだ。

「はい。おとしました。けど、そのカギがこのじてんしゃのか、わかりません」

渉は自転車の方へ行き、ガチャ!! と鍵をさした。

「まり、いえ、あたしってよくわかったね」

口をあんぐりと開けたまま、マリーは言った。

「あんたのだろ。落としてるの気づかずにエレベーターに乗って行ったし、それに、この辺で自転車抱えて歩いているのあんたしかいない」

「がっはは、そりゃそうだ」

加納が大声で笑っていた。つられるようにマリーも笑う。

「あたし、たなかまりるっていいます。カギとどけてくれてありがとうございます」

「あー俺は響渉っていいます。ども」

「本名?」

「笑っていいですよ。親が冗談で付けた本名なんで、意味なんてないっす」

マリーは「ひびきわたる……」と言いながら、クビから提げているメモ帳に今日の日付と名前と特徴を書き込み、渉の手をジッと見つめて、

「あなたの手、きりたっちゃんの手とにてる」

「……きりたっちゃん?」

「うん。きりたっちゃん。手、にてる!」

満面の笑みでマリーは渉の右手を両手で包むように触れようとすると、渉は手を引っ込めてポケットに隠した。マリーは不思議そうな顔をしながら何か言おうとしたが、視線も合わせようとしない渉を見てやめた。

「はい、できたよ。昔ながらのホットドッグをどうぞ。ひびきわたるの分もあるぞ! うわっはは……」

「あー、ありがとございます。だけど俺、金ねえんだ。今、仕事もしてないんすよ」

「いいよいいよ、ツケにしとくから。金できたら持ってきなよ、ひびきわたる」

「渉って言ってくださいよ。いい加減に恥ずかしいだろ、ははは……あっ」

「どうした!?」

「いや、久しぶりに笑ったなと思って」

「あんた、いや、渉。愛想悪そうだもんな。俺ほどではないけど、見た目イケメンなのに近寄りがたいっていうか、笑わない感じするもんな。鍵届けてくれるようないいやつなのに」

「言いにくいことをはっきり言うね」

「素直なだけだよ。心の声を口に出さずにいられないおかげで、お客が少ないんだ。ははは」

しばらく談笑し、渉は加納の人柄の良さはわかりかけてきたが、マリーの話し方や感覚に謎を感じ始めた。それに「きりたっちゃんの手とにてる」という言葉も気になっていた。

マリーは、加納の店に着いてから「ニーニー」とかぼそく聞こえる声が気になっていた。出されたアイスコーヒーを一口飲むたびに、どこから聞こえてくるのかとキョロキョロしている姿が、渉には不思議に見えていたかもしれない。

マリーが今日から勤めるはずだった会社は十七階建てのビルの中にあり、周囲は公園のようになっている。近くの会社員たちがランチをしたり、子供連れがピクニックしたり多目的広場として使っている。鳴き声は近くの植え込みから聞こえてきていた。

「……ねこ？　たぶんねこの声」

と言うのと同時に、マリーはホットドッグを持ったまま駆け出した。渉も後を追う。（なぜ俺は、この人の後追ってんだ？）と心の中で思った。


声の主はすぐに発見できた。植え込みに置いてある、小さな箱に入った一匹の子猫だった。人が行き交うそばの茂みにあえて置かれたであろう箱。みんなが見て見ぬふりするなか、マリーは周りを気にすることなく箱を抱えようとするが……。

「あ、ほっとどっぐ、持ってきちゃった」

周りを見回し、少し離れたところにホームレスらしき男がいたので、マリーは声をかけた。

「お、おい！　待てよ。そんな見ず知らずの……」という間に、マリーは男に近づいて、

「あの、これまだ、おくちつけてないの。食べてくれないかな。まりー、あのねこ、だっこしないといけないから。これもてないの」

男は無言でホットドッグをつかみ、黙って食べ始めた。そして、

「あの猫、今朝誰かが置いてったんだけど、最初大きな声で鳴いてても、みんな見ないふりさ……。あの、食べ物、あ、ありがと」

と、ぼそぼそ話しながらホットドッグを頰張った。

「あ、のどにつまるといけないから、あそこにまりーのお茶を置いてるから、のむといいよ」

男はマリーの指さす方向を見て、

「僕みたいなやつが近づいたら営業妨害になるかもしれないから、お茶はいいや。近くに水道があるし」

「じゃ、お茶もってくるから、待っててね。あ、わたるちゃんは、ねこ見てて」

そう言うと、再びキッチンカーカフェまで駆け出した。

「ちょ、ちょっ……待て、猫？　見てってどうすんだよ、それにわたるちゃんってなんだよ！……というか、なんで初対面の女に振り回されてるんだ俺」

マリーはキッチンカーに戻ると、加納に事の次第を伝えた。

「先に、大夢には連絡した方がいいんじゃないの？　ほら、何かあったらさ」

「だいじょうぶ。にんげんもねこも、お腹がいっぱいになるとしあわせなきぶんになるって、きりたっちゃんがいってたから。じゃ、お茶とコーヒーもらうね」

「あ、ああ、わかった。気をつけてな」

「ありがと」


マリーを見送ると、加納は携帯を取り出し、大夢に連絡した。マリーの「通勤練習」のたびに立ち寄った大夢が「何か起きたら連絡ください」と連絡先を加納に渡していたのだ。大夢は、マリーが関わるお店や知人に自分の連絡先を教えている。マリーは携帯電話を持っているが、いつもと違うことが起きた時に連絡ツールとして使えない場合がある。携帯電話を持っていることさえ忘れてしまうことがあるのだ。

「わかりました。加納さん、わざわざありがとうございます」

と、大夢の返事は平静だった。

「大丈夫かよ。猫って言ってたぞ。それに、今日初めて会ったらしき男とホームレスらしきおっさんと」

「実は、これが初めてじゃないんですよ、マリーは老若男女問わず、気になる人を連れてくる。癖みたいなもんで。最初は不安だったんで怒ってたんですけど……不思議なことに、マリーの優しさに触れるとみんなに影響するのか、これまで何か取られるとか危険なことは一度も起きてないんです。黙っていなくなることはありましたけど、でも、数日後にお礼のハガキが届いたり、菓子折持って訪ねてきたり……マリーが言うには、お風呂に入ってお腹が一杯になってたくさん眠れたら、みんな良い人に変わるらしいです」

「そんなもんかー？」

「それでも何か起きたら連絡しろよ。力になれることもあるからな」

「はい、ありがとうございます」

電話を切ると、（加納さん、あなたもお人好しですよ。最近顔見知りになったばかりなのに、親身になってくれて）と心の中で大夢はつぶやく。そして、

「今日はおかわりできるようにカレーとサラダにしよ。一応風呂も用意しとくか」

と、スーパーに向かって自転車を漕ぎだした。

「えーと、わたるちゃん、じてんしゃ、押してついてきてね。おじさん、おなまえはなんていうの？」

お茶とコーヒーを渡しながらホームレスの男に尋ねた。

男はしばらく無言だったが、観念したように「山下」と名乗った。

「やました。じゃ、やまちゃん！　やまちゃんは、ねこの箱もってついてきて」

渉は山下と名乗る男に聞こえないように、

「なんで俺が自転車押して、あんたん家行くんだよ。猫は箱ごと、カゴにのせて漕いでいけよ。俺、関係ないだろ。それに、無責任に猫拾って飼えんの？　おっさんのこともそうだよ、不用心すぎるだろ！」

と言いながら、なぜか後悔している自分に気づく渉だったが、言葉が止まらなくなっていた。

マリーは、口を半開きにし、目をパチクリさせ、勢いよく話す渉を見つめ、少し間を置いてから、

「だってね、ねこのはいった箱を、カゴにのせると、まりー、じてんしゃこげないの。それにもし、とびだしたりしたらあぶないでしょ。おれいに、ひろむちゃんのごはん食べてもらおうと思って」

「意味わかんねぇよ」

「まりーね、あたまがわるいから、いっぺんにできないの。わからないの。もし、おこらせちゃったならごめんなさい。あたまわるいけど、ねこ、このままにしておくの、良くないことだってわかる」

マリーは泣きそうな顔で渉に言った。

「……自転車、押していく。だけど、送っていったら帰る。お礼なんて必要ないから」

「ありがとう。じゃ、ほうこうは……こっちがこうだから、こっち！」

急に明るい笑顔になったマリーは、行く方向を指さしながら言った。

「あの、箱は自転車にのるし、僕はホットドッグとコーヒー頂いたし……ここで」

と、山下は背中を向けた。

「かえりみちに、スーパーがあって、そこにねこ用の、ミルクとごはんと、買うの。にもつ持てないから、やまちゃんついてきて。うちでごはん食べよ。おれい」

山下と名乗ったホームレスの男は、この女はきっとなにかあって話が通じないのだと思って、無視して、その場に寝転がった。その真横にマリーはペタンと座って、ニコニコしながら山下の顔を覗き込んでじーっと眺める。その光景が何とも滑稽に見えた渉は、大笑いした。山下は無視し続けていたが、マリーの視線に耐えかねて、

「あんたら、なんで僕に構うんだよ。ホームレスが珍しいのか？」

久しぶりに大声を出した山下は息切れした。この数か月、人と言葉を交わしてなかったことを思い出した。

「めずらしくない。これこと、やまちゃんと、わたるちゃんと、ごはん食べたいだけだよ」

「まいったな、こりゃ」

山下はつぶやくと立ち上がり、子猫の入っていた箱を抱えた。渉は滑稽な光景の中に自分も入っていることや、今日の不思議な出会いに恐怖を覚えた。人は初めての行為に時として恐怖し緊張する。渉はかつて、その緊張に四六時中さらされていたことを思い出していた。

# 久しぶりの……

その頃、大夢は買い物をすませて帰宅したところだった。部屋をサッと片付け、風呂を沸かし、多めのカレーを作る。３ＬＤＫのこぢんまりしたマンションで、あちこちにマリーが描いた絵が飾られたリビングの隅には、アップライトピアノと呼ばれる小さめのピアノが置いてあり、写真が飾られている。テーブルにサラダや福神漬け、ラッキョウが入っている小鉢を用意して、ソファで一息ついていると、スマホが鳴った。マリーだ。

「はい」

「ひろむちゃん？　マンションのちかくなの、こねこと、わたるちゃんと、やまちゃんと帰るから、ごはん、おねがい」

「加納さんから聞いたよ。用意できてるから上がっておいで」

「さすが、ひろむちゃん！　すぐいくね」

（今度はどんな人物を連れてくるのかな？　このあいだは家出した女子高校生だったけど。信夫さんに伝えといたほうがいいかな）

信夫さんという医師はマリーの幼なじみである。以前は大学病院に外科医として勤めていた。小さな医院を開業していた父親が五年前に体調を崩したことをきっかけに、外科の勤務医を辞めて、父親の後を継いで開業医になった。今では、親子共同の医院として地域に親しまれている。近所に住んでいる大夢にとっては父親的存在で、何かと頼っている。

「信夫さん？　今いい？　今日ね、マリーが例のごとく……」

「なんだ？　また誰か連れてきたのか？　じゃ、後で様子見に行くよ」

「大丈夫だと思うけど、加納さんの話だと、一人は粋がってる感じの若い男で、もう一人はホームレスらしいんだよ」

「わかったよ。どうせ泊まらせるだろうから、俺も行くよ」

「うん、ありがと」

電話を切ると同時にマリーが帰宅する。

「おかえり」

「ただいまーーひろむちゃん。こちら、わたるちゃん。それから、やまちゃん！」

玄関ドアが開いた瞬間、渉は息をのんだ。燕尾服を着た男がピアノを弾いている姿を切り取った大きなポスター。壁に貼られているそれに目を奪われた渉は、帰ると言い出すタイミングを見失ってしまった。

「どうぞ、あがって？　ね？」

「このポスター……」

「これね、きりたっちゃんだよ。やまちゃんもどうぞ」

山下はモジモジしながら、

「僕、全身汚れてるから……ここで」

確かに山下は、着ている服からすべてが薄汚れていた。無精髭にブラシを通してない髪、何日も風呂に入っていないのだろう。体臭というか人間臭が山下からは臭っていた。そんな臭いのする男を、気にも留めずもてなそうとするマリーだった。マリーが子猫を抱きかかえたまま上がっていくと、大夢が出てきて、

「お風呂、もし嫌でなければ先にどうぞ。着替えもシャツとスウェットあるし、その間に洗濯機回したらいいし、食事はその後にしましょう！　どうぞ、上がってください」

山下はうつむいたまま立ち尽くす。ほんの一、二時間ほど前に同年代の女性に声をかけられ、家に招かれ、出迎えてくれた若者は、何も疑うこともせず笑顔で話しかけてくれる。

何とも言い難い感情を抑えつつ、つぶやくように聞いた。

「なぜ、見ず知らずの、得体のしれない僕に優しくしてくれるんですか？」

「あのね、しあわせなきぶんだと、みんなやさしくなれるの」

マリーは玄関のポスターを見ながら、山下に優しく手を差し出した。

山下は深々とお辞儀をして靴を脱ぐと、つま先を玄関ドアに向け直して靴を並べ、履いていた靴下を玄関先で脱ぐと、つま先で歩くように入ってきた。山下の礼儀正しい所作を見た大夢はいつものことながら、マリーの人を見る目に感心させられるばかりだった。

「さ、上がってください。お風呂すぐそこですから。渉さんもお風呂どうです？」

「いや、俺はいいよ。あ、あの、玄関のポスターの人」

「ああ、霧島達夫（きりしまたつお）という人で、ご存じないかと思いますが、幻の天才ピアニストです。マリーがよく知ってますよ。ん？　もしかして知ってます？　霧島達夫」

大夢は渉の手と長い指を見て聞いた。聞かれた渉は慌ててポスターから大夢に向き直り、

「あ、さっきから、マリーが『きりたっちゃん』って」

渉もつられてマリーと口にしていた。

「そうです。霧島達夫で『きりたっちゃん』。あの、渉さんはピアノ弾いたりします？」

「いいえ」

「？　そうかなぁ。僕、仕事が調律なんですけど、渉さんはピアノを弾くような指をしてると思ったんですけど……」

大夢は何か重たいものを秘めた渉の表情が気になったが、リビングの方からマリーが呼んでいるので、手で「どうぞ」と促し、リビングへ向かった。

「ひろむちゃん、こねこのごはんするの、ちょっとおしえて」

「はいはい。ねぇマリー、子猫飼うの？　それか里親探す？　飼うなら、のぶちゃんに相談しないと。このマンション一応ペット可だけど、管理会社に言わないといけないし」

「かいたいけど、のぶちゃん、反対するだろうなぁ」

箱にタオルとペットシーツを敷き、猫用ミルクと水、そして缶詰めの餌を置いて、子猫をあやしてる間に、山下が風呂から出てきて、

「あの……ありがとうございました」

と深々と頭を下げる。髭を剃り、洗って軽く乾かした髪をヘアゴムでまとめたすっきりした姿を見ると、まだ四十代そこそこという感じだった。

「やまちゃん、若返ったね。ごはん食べよう。ひろむちゃんのカレーは、おいしいよ」

ずっと無言の渉はピアノを視界に入れないようにしているようで、大夢はピアノに嫌な思い出でもあるのかと気になった。それに、彼とどこかで会ったことがあるような気がしてならない。

（会ったとしてもどこで？　調律のお客様だったら絶対覚えてるし、どこかで見た顔なんだけど。それにあの手は絶対にピアノ弾いてる。少なくとも玄関のポスター見たときの反応はピアノ関係者だ）

などと考えながらカレーを用意していると、信夫が入ってきた。

「カレーの匂い。今日はカレーか。うまそうだな」

「のぶちゃん、おつかれさま。のぶちゃんもカレー食べる？」

「ありがと、食事すませてきたんだ。マリー、今月末だったよな。うち来るの」

「そうだった？　でもまりー、元気だから、だいじょうぶなんだけどな」

「約束しただろ、定期的に検診」

「はいー」

「なぜ……」

山下は、うつむいたまま話し始める。

「皆さんは、見ず知らずの私に……」

信夫が間に入る。

「あー、僕、松下と言いまして、この二人の身内のような者ですが……言いたいことわかります。どんな人間かもわからないのに家に上げて、飯はおろか風呂まで提供するのかってね。うん……変わってるんだ、この二人っていうか、マリーがね。

マリーのことは子供の頃から知ってるんだけど……昔からなんだよ。気になる人連れてきたり、ついてったりするの。ついていって迷子になってお巡りさんに送ってもらうこともよくあったし。いまだにそうだよな、この辺のお巡りさん皆が知ってるくらいだし。

ただ、これだけは言えるんです。マリーは知的障害があるけど、人を見る目はあるんです。だから、あなたは悪い人ではないってわかります」

「………」

「ま、そういうわけなので、お食事どうぞ」

山下は少し涙ぐんでいたがすぐに平静さを装って、会釈すると席に着く。

渉はそんな様子を見て、「俺、やっぱ帰ります、悪いやつなんで、俺」と言うと飛び出していった。

「えーーごはん、いっしょに食べるの。わたるちゃん!!」

玄関にマリーが立ちはだかるが、渉は押しのけるように出て行ってしまった。マリーは弾みで横に転んでしまう。

「マリー、大丈夫?」

声をかけたのは、山下だった。

「やまちゃん、まりーっていってくれる。ありがと。だいじょうぶだよ」

少し寂し気に笑って立ち上がるマリーだが、『きりたっちゃん』を思わせる指をしていた渉のことが気になって仕方がない。

「たぶん、わたるちゃんは、きりたっちゃん、しってるんだ。ポスター見て、おどろいていたから。ひびきわたるっていう、ピアノひく人だもん。まりー、見たことある」

「え? あ、昔、霧島達夫の再来って呼ばれてた……どうりで見たことある顔だなと思ったんだ」

大夢は思い出した。まだ大夢が高校生の頃、その頃マリーは狭心症で入院していた。病室のテレビで放送されたピアノコンサートを、マリーと信夫と大夢の三人で見ていたのだ。

響渉は「霧島達夫」に風貌も弾き方も似ていることから「第二の霧島」と呼ばれ、ピアノ業界を沸かせたものだったが、スランプに陥り、バイク事故に遭ってからは以前のように弾くことができなくなったらしいと一時、噂になった。そして、いつの間にか忘れ去られた。

「確か久しぶりにテレビで見たのって、バイク事故を起こしたってニュースだったけど、マリーは彼のこと、わかってたの？」

「うん」

「どこで会ったんだ？」

事の経緯を知らない信夫は、子猫をあやしながら聞いた。

「とりあえず、ご飯食べながら話そうよ。みんなお腹すいたでしょ？　おかわり、たくさんあるから、山下さん、遠慮しないで食べてくださいね？」

大夢はカレーを配りながら声をかける。

「わたるちゃんとは、かいしゃであって、じてんしゃのカギとどけてくれたの。あーーー。まりー、かいしゃクビになったの。ごめんね。ひろむちゃん。また、おしごとさがすわね」

「どうして？　ちゃんと行けたんだよね？　もしかして途中で迷子？」

マリーは最初からゆっくり説明した。クビになったことについては、時間通りに着いたものの、五分前に間に合わなかった以外には理由が他にわからないこと。渉については、落とした自転車の鍵を持って加納の店まで追いかけて来てくれたこと。山下と出会った流れまで……大夢はニコニコしながら「うんうん」と静かに頷きつつ、食後のコーヒーを入れる。


信夫が出されたコーヒーを飲みながら、山下に声をかけた。

「山下さん。失礼ですが、今はお住まいとか何かお仕事は……」

山下は小さな建築関係の下請け会社を経営していた。従業員は八名。事務は妻がしており、いわゆる家族経営をしていた。子供は男の子が一人で中学三年生。とても平凡だが恵まれた環境だったという。

ところが、不景気の波に逆らえず、仕事をくれていた会社が倒産。慣れない営業をしながら食いつないできた。しかし、受注は激減していくばかり。従業員の給料や材料仕入れなどのため、借金してきたが自転車操業になり、やがて経営に行き詰まり、倒産寸前にまで追い込まれてしまった。

そして、自宅と会社の権利と離婚届を置いて飛び出してきた。

それがおよそ半年ほど前で、その後は炊き出しのあるところを転々としながら、時々日雇い仕事をしてその日暮らしをしてきたが、生きる意味も気力も見いだせなくなり、野たれ死ぬつもりで寝ていたところをマリーに拾われたらしい。典型的な転落人生を歩んでいると、山下は薄笑いしながら話した。

信夫は言った。

「死ぬ覚悟があるなら何でもできるじゃないですか。奥さんと子供の連絡先は？」

「連絡するつもりはありません。というか、連絡しても迷惑なだけです。逃げた亭主なんて」

「まぁ、お気持ちはわかりますが……」

笑いながら信夫は続けた。

「典型的な転落人生って綺麗に片付けましたがね、そんなことはどうでもいいんです。今後、どうします？」

「のぶちゃん、その話は明日でもいいんじゃない？」

「大夢、僕は心を鬼にして、山下さんに話しているんだよ」

「ご迷惑かけてすみません、明日、早くに出ますので」

と山下が言い終わる前にマリーが口を挟む。

「ちがうよ。やまちゃんは、まりーが連れてきたまりーのおきゃく様なんだよ。みんな、まちがえちゃやだめだよ。おきゃく様なんだから、ここにいていいの！」

「はい？　マリー？　大夢も僕も昼間は仕事だし、子猫のこともあるし、それに」

「あのね、のぶちゃん、やまちゃんのことも、こねこのことも、ぜったいなんとかなるから!!　安心してちょうだいませ!!」

マリーはこういうことを言う信夫が苦手だ。その様子を見て、大夢は山下に話しかける。

「あの、山下さん。うちは構いません。これまでも、うちにお客様といってマリーは人をよく連れてきてましたし……家を追い出された人とか家出少女とか。何日いてもいいけど、そのうちアルバイトでも前向きに考えてみてはどうですか？　そうするうちに自分がどうしたいのか見えてくるかもしれないし。ね」

山下は無言のままだが、大夢は続けた。

「うちが嫌なら、それでもいいんです、ただ、意味があると僕は思います。人との出会いにはすべて。

薄々気づいているかと思いますが、マリーは普通の人のようにスラスラ話せません。文字もひらがなと簡単な漢字しか読み書きできません……自転車も普通に乗れるようになるまで二年かかりましたが、傘を差しながら片手では乗れないし、自転車のカゴに荷物をのせて走ることもできません。料理は火加減ができないので、ゆで卵とトーストを焼くくらいしかできません……仕事もアルバイトくらいしかできないし、将来の夢とか生きる意味とか、考えてもわからないそうです。

できないことの方が多いけど、心のままに素直に生きてます。それでいいかなと僕思うんです。何日でもゆっくり考えてみてください、僕らは止めたり追い出したりしませんので。ここは自由です。自由にしていいので」

「そうだな、決めるのは山下さんですな。じゃ、俺帰るわ」

信夫はコーヒーを飲み切ると台所の水桶にカップを入れ、帰っていった。大夢は玄関まで見送った。

「のぶちゃん、おやすみ。今日もありがと」

とても静かな夜になった。山下には久しぶりの部屋、天井と床に敷いた布団である。さっぱりとして気持ちのいい体に洗い立ての服、温かい食事に熱いものが込み上げた。少し緊張しているものの、布団がこんなに安心感を与えるとは……そして、自分のことを話したのは本当に久しぶりだったので、家族を思い出していた。どうしているのだろう、どうしたいのだろう、と考えているうちに眠っていた。静かな夜の中で眠るのも久しぶりだ。

同じ頃、渉は思い返していた。思い出したくないことを……まさかあの霧島達夫を見るなんて。あんなに避けていたピアノを見るなんて……ましてや霧島のファンらしき人と会うなんて。

よく通うスナックのカウンターで、複雑な胸の内をかき消すかのようにバーボンを流し込んでいると、リカがやってきた。

「やっと見つけた！　何度もスマホにかけたのに。電源切ってるでしょ」

「壊れたんだよ。だいぶ前から」

「うそ！　呼び出し音鳴ってるし。ねぇ、明日、会社来てよ。人事に言われてるから。穴空けるなって。定員二十名だって圧かけられてんのよ」

「あいつは？　来るの？」

「あいつ？　誰？」

「マリー」

「マリー？」

「俺の前に追い出した女だよ」

「田中さんね……追い出したんじゃないわ。就業ルールに沿っただけよ。特別枠の人って忘れてただけだし。……さっき連絡したわ。大喜びしてた、あの人。知ってるの？　名前呼び捨てなんて。そういえば追いかけてたもんね。どういう関係？」

「関係は何もない。俺は行かない。仕事の紹介頼んだ覚えないしな」

「家賃！　払えなくて追い出されるんでしょ？」

　カランとグラスを回し、そういえばそうだった、行くしかない。となると、会う羽目になるわけだが、頭の片隅では、マリーが「きりたっちゃん」と言っていたことが気になっていた。

（ただのファンだろうけど、部屋にあったピアノとポスターのピアノが同じだった。ファンだというだけで買うか？　買うにしてもどこで？　単に似てただけか？）と妄想しつつ。

「ママ、おかわり」

「もうやめときな、ツケ溜まるし、明日仕事行くんだろ？」

「ここでボーイで働くよ」

「ボーイじゃなくてさ、ピアノ弾きな。昔弾いてたんだろ」

「帰るよ。お金、置いてく。足りない分は、また今度持ってくるよ」

ポケットからクシャクシャの紙幣をカウンターに置き、ふらっと店を出た。後を追いかけるようにリカも出る。出て行く姿を見ながら店のママは、

「ピアノのこと言うといつも逃げるね、あいつは。まだ立ち直ってないんだね」

カウンターの隅に座っていた白髪の初老の男性が尋ねた。

「ママ、今の坊やはピアノやってたの？」

「そういえばスーさん、音楽関係って言ってたねー。だったら知ってるはずだよ、響渉ってピアニストだよ」

初老の男性はすくっと立ち上がり、黙って支払いをすますと店を出た。夜空を見上げると星も月もなくどんよりしていて、雨が降りそうな空色をしている。

「ママ、傘借りてもいいかな」

再び店の扉を開け顔だけ覗かせて傘を借り、男性はニンマリしながら歩き出した。

「ピアニスト響渉……こんなところにいたのか……」

## 不思議な二人

「じゃ、きょうこそ、ちゃんと五ふんまえに、まにあうように行くね。ひろむちゃん」

「いってらっしゃい。今日は僕、休みだから、迎えに行くよ。子猫は山下さんに頼んでみる。終わったら連絡して」

「はい。わかりました」

二人の会話で目覚めた山下は、天井を見て驚いたがすぐに夕べのことを思い出し、自分が久々に熟睡したこともわかった。マリーと大夢の奇妙な関係性が気になったが、今は自分のことをちゃんとするほうが先だと考えた。

布団を片付けて部屋を出ると、

「山下さん、おはようございます、夕べはよく眠れました?」

とあどけない笑顔で言う大夢に対して、

「はぁ」

と愛想のない返事をしてしまい、しまったと思った山下は慌てて付け加える。

「いえ、はい、よく眠れました。あんなに手足伸ばして布団で寝たのは久しぶりで」

「そうですか。では朝食にしましょう。僕、今日は休みですけど、僕に構わず自由にしていいので。あ、服は適当に置いてあるので着替えるならどうぞ。山下さんの服はまだ乾きってませんので……ちなみに朝食はトーストにカレーを挟んだだけのカレーパンとコーヒーです」

「ありがとうございます。顔洗ってきます。あの、大夢さん、本当にありがとうございます」

山下は深々と頭を下げ、洗面所に行った。

大夢は心の中で（マリーは本当に人を見る目があるな。山下さんは悪い人ではない）と思った。

朝食を食べ、コーヒーをおかわりする山下は沈黙に耐えかねて、興味はなかったが部屋のあちこちに飾られた絵やピアノについて尋ねた。

笑顔で大夢は答えた。

「絵はマリー。ピアノは……」

昨日のリベンジかのように、マリーは集中して自転車を漕いでいた。今日のミッションは、会社の駐輪場に自転車を停めて、地下エレベーターから十階に上がって、第一研修室に約束の五分前に行かねばならない。途中でキッチンカーカフェの開店準備をしている加納が声をかけたが、マリーは真っすぐ前を向いたまま、

「おはようございます。またあとで」

と通り過ぎる。

「おはよー、頑張れよー」

(そういえば、片手運転できないって、大夢が言っていたな)

そう心の中で思うと、後ろ姿を見守った。

到着予定は研修室の机に五分前。マリーは二十分前には駐輪場に着いていた。そこに渉がいた。

「わたるちゃん、おはよーー」

自転車を停めて鍵を確かめ、鞄の中に入れて、渉を見上げる。

「きょうは、カギ落とさないからね」

「………」

「わたるちゃん、ごあいさつ！」

「……ああ、おはよ。なぁ昨日のおっさん、泊まったのか？」

「やまちゃん？　とまったよ。とてもよくねてた」

「あのさ」

（部屋のピアノは誰の？　霧島達夫とは知り合い？　ただのファン？）と口にしようとしたところ、

「渉！」

二人の後ろからリカが声をかける。

「あら、田中さんも？　二人一緒？」

リカは訝しげに聞いた。無視して行こうとしたが、マリーが渉の前に立ち、

「おはようございます、よ、よろしくおねがいします！」

「今日は間に合ったのね、田中さん。後で研修室でね。渉は一緒に来て！」

「リカ。お前さ、勘違いしてないか？」

「勘違い？」

「こないだから思ってたけど、俺の女でもないのに彼女面すんなよ」

「何言ってんの？　付き合ってるじゃない」

「寝ただけで彼女でもなんでもないよ」

　リカは渉の言葉に深く傷つき、昨日からこらえていた心の底にある熱いものが溢れ出てきそうになった。


　バチン!!　という音が地下駐輪場に大きく響いた。マリーがリカの様子を見て、渉の顔面を飛び上がって叩いたのだった。

「おんなの子をいじめちゃいけません。めっ！」

　車が行き交うなか、リカは走りだす。その後をマリーは追いかけたが、足が絡まり転んでしまった。顔を上げたときにはリカの姿は見えなくなっていた。

「いわせリカさぁーん」

マリーは大声で呼んだが声が響くだけだった。マリーは渉が何を言ったのかよくわからなかったが、リカの顔を見て「言ってはいけないこと」を渉が言ったことはわかった。だから顔面をひっぱたいたのだ。

今日こそは五分前に席に着く予定が大幅に遅れたが、誰にも咎められず席に着くことができた。その隣には頬を赤く腫らした渉がいる。

自己紹介と仕事内容説明、研修のカリキュラムの話が終わるとその日は終了。来週月曜日から十時始まりで十七時まで。休憩入れて七時間勤務。その説明はリカではなく別な担当が代理で行い、リカは現れなかった。

マリーは研修用の資料をトントンと並べ、昨日、説明を受けた同僚たちの午前中の研修カリキュラムが終わり、昼休憩でワラワラするなか、

「わたるちゃん、よくわからないけど、おんなの子に、なぜいじわるいったの？」

マリーは渉の顔を正面から覗き込んで聞いた。

「あんたには関係ないだろ。言い方は悪いかもしれないけど、はっきり言う方が本人のためになることもあるんだよ」

「田中さん！　あ、響もいたんだ」

二人に声をかけたのは、小顔に大きな瞳、ストレートの長い黒髪と、爽やかなベビーブルーのブラウスに白のスラックスが好印象を与える、これから同じ部署で働くという里中(さとなか)麻衣子(まいこ)だ。

「今からさ、アルバイト同期の交流をかねてランチに行こうって言ってんだけど、二人ともどお？」

「ランチにいくの？　まりーいく。いいお店知ってる。もちろんわたるちゃんも行く」

「おい！　また勝手に決めるなよ！」

「じゃ決まりね」

「俺のことはスルーかよ！」

「皆に言ってくるね、田中さんの知ってるお店に行こ。どこの店？」

「まりーって呼んで。このちかくの車がお店になってて、カレーあじのキャベツがはさんであるほっとどっぐのお店」

「あ！　広場のキッチンカフェね。みんな呼んでくるから案内してくれる？　マリー。私はマイでいいよ」

麻衣子が他の仲間を呼びに行った隙に渉は帰ろうと研修室を出るが、部屋の外にいた仲間に出くわし、腕をつかまれそのままついていくことになる。

自転車を押しながら歩くマリーだったが、加納の姿を見て「かのちゃーん」と声を上げると同時につい両手を挙げてしまったので、自転車ごと転んでしまった。

ドシーーン!!

周りは驚き、慌ててマリーに駆け寄る。もちろん加納も心配して駆け寄った。

「大丈夫か!!」

マリーは笑いながら、

「だいじょうぶ、じてんしゃのことわすれて、手はなしちゃった」

自転車を起こし、服の埃を払う。

「かのちゃん、ひろむちゃんにはないしょね」

「お、おう。ばれると思うけど……」

テーブルと椅子を一か所に固めて十名ほどの参加者全員が席に着くと、誰からともなく自己紹介が始まった。年齢も経歴もバラバラだが、多いのは二十代後半から三十代前半の男女だ。新しい出会いに夢中のマリーは擦りむいた膝と肘も気にせず、みんなの話を夢中で聞きながら一人一人名前と特徴をメモに書いていった。ふと気づくと渉が見当たらない。

「わたるちゃん、どこ？」

周りを見渡すがどこにもいなかった。

「どさくさに紛れて帰ったんじゃない？　あいつ今、人嫌いだから」

麻衣子が言った。

「まいちゃん、わたるちゃんとおともだち？」

「実は従兄妹なの。私のお母さんが響のお母さんの妹」

「どうりで最初から親しい感じだったもんな。一緒にこの会社の面接受けたの？」

誰かが言った。

「偶然！　たまたまよ。ほんとに驚いちゃった」

「おい!!　これ」

キッチンカーの陰から、加納から借りたのか絆創膏と消毒液を持った渉が出てくる。

「誰が帰ったんだよ」

麻衣子に目線をやり、マリーの手を持ち、擦りむいたところに消毒液を噴きかける。

「いたいよ。わたるちゃん」

「当たり前だろ、思いっきりコケたんだから。傷に菌が入ったら大変なことになるから、痛くても消毒した方がいいんだよ」

消毒液を塗る渉の手を、マリーはじっと見つめている。

「なんだよ。誰かさんの手と似てるって言うなよ」


ピピピピ……。

マリーの携帯が鳴る。

「ひろむちゃんからだ」

「マリー、今どこ？　迎えに来たけど」

「かのちゃんのお店」

「わかった。そこに行くから待ってて」

「はーい」

二分もしないうちに自転車に乗った大夢の姿が見えた。キッチンカーの横に自転車を停

め、大夢がマリーの方へと近づくと、

「ひろむちゃん!!」

と言ってマリーが抱きついた。

「マリー、お疲れ。わかったから離れて。皆が見てる……皆さん、マリーがお世話になります。僕、霧島大夢といいます」

とお辞儀する。一同は心の中で、年の差夫婦かカップルかといろいろとあれこれ妄想した。

「皆さん、マリーが足を引っ張ってしまうかもしれませんが、よろしくお願いします」

大夢はこれから世話になるだろう人々の顔を見回して、端の方に渉がいることに気づいた。

「渉さん、昨日はありがとうございました。またうち来てくださいね」

周りがどよめいた。三人は知り合い同士だったのか。今、キッチンカーカフェの空間は多彩な謎に包まれ、その中心はマリーと大夢、そして渉だった。

この光景を麻衣子は不思議な気持ちで眺めている。マリーと大夢の関係を聞きたいが、聞けずにいた。

「あ、マリー、今日、のぶちゃんがうちで夕飯食べるって連絡あったよ。買い物して帰ろうね」

「はい。こねこのごはんも買う」

「マリー、猫飼ってるの？」

麻衣子が聞いた。

「昨日、拾ってきたんです。おじさんも一緒に」

大夢が答える。

「おじさん!?」

麻衣子はさらに謎が増えたと思った。

「ほーむれすのおじさんのそばに、こねこがいて、いっしょに拾ったの。あ、ひろむちゃん、こちらはまいちゃん。まいちゃん。ひろむちゃんです。あ、みなさんにも、こちらは、ひろむちゃんです」

「マリー、いいよ。大きな声で言わなくても。さっき挨拶したんだから。すみません。騒がしくて……」

「猫とおじさん拾ったって？」「響さんと知り合い？」などと口々に質問が飛び交う。

「その話しすると長くなるから、追い追いでいいだろ。マリー、買い物あるんだろ？　顔合わせもすんだことだし、俺、帰るわ」

涉は立ち上がって歩きだした。

「そうね。私たちは休憩時間が終わるから、会社戻りましょ。曇ってきたし、雨降りそう……ありがとう、みんな!!」

麻衣子が空を見ながら立ち上がる。

「まいちゃん、ありがとう。みなさんありがとう。まりーうれしい。みんな大好き」

様子を見ていた加納もお礼を言いながら、ランチサービスのチラシを皆に配る。

「モーニングからやってるから、みんな来てくれな!!　あ、マリー、帰ったらもっかい消毒しといた方がいいぞ。涉が言うみたいにバイキン入ったら大変だぞ」

そのとき初めてマリーが転んだことを知った大夢は、他にぶつけてないか、具合はどうか、自転車から手を放すななど、周りの目も忘れて口うるさくまくしたてた。その様子を見て、仲間の一人がこそっと加納に聞いた。

「マスター、あの二人はどんな関係？」

「お客として来たのが十日ほど前からだから、俺もよく知らないんだけど、親子にしては苗字違うし仲良すぎだし、姉弟にしても仲良すぎだし、今流行りの年の差カップルにしてもなぁ。なんにせよ、不思議な二人だな。

毎日あのビルまで自転車で来て、帰りにここでコーヒー飲んで、マリーは物覚えが悪いから通勤の練習してるって言ってたんだ。ただ、これだけは言える。あんなに優しい人間はそうそういないぞ」

仕事仲間もそれに同意した。昨日、リカから嫌がらせのような仕打ちを受けてもニコニコして、今日は、リカの心配をしていた。メモ帳とペンを持ち、できる努力をひたむきにやっている姿に皆心を打たれていた。人並みから外れていると自分でも言っていたが、そもそも「人並み」ってなんだろう。人並みでなくても、思いやりがあればいい。その場にいた全員がそう思っていた。

大夢とマリーを見送ると加納は片付けを始め、みんなは会社へ戻った。麻衣子は渉のことを考えていた。

（響が人に優しくするところ、久しぶりに見た気がする。ピアノを弾いていた頃は優しかった。あの事故がなければ、今頃はピアニストとして頑張っていたかもしれない。いや、本当は弾けるのに弾けないふりしているだけだ。考えたら腹が立ってきた。響は子供だ。大きな子供なのだ。もういいや。考えるのはよそう……）

麻衣子は頭を振り、肩の力を抜いて、雨が降る前に会社に戻ろうと走りだす。

## 麗しのピアニスト

キッチンカーを後にした渉は、いつものスナックに向かっていたが、やめにした。（マリーと会ってから、調子が悪い。いつもの荒んだ俺でいいのに）

むしゃくしゃした気持ちでアパートに戻ると、ドアの前でリカが待っていた。避けるように部屋に入ると、リカは無理やり入ってきた。

「なんだよ。昼間のことなら悪いと思ってないから謝らないぞ!!」

「私はそれでも、渉が好き。ずっと前から好きなのよ！　それに嫌いだったら抱かないよね!?　少しは好きって気持ちがあるから抱いたんでしょ!?」

無言のまま渉は財布から紙幣を取り出す。

「何よ!!　これ！」

リカは出された数枚の万札を押し返した。

「本当に迷惑なんだよ。一時の気の迷いなんだよ。俺はどうなってもいいと思ってるから、恨むなり好きにしろ。ここにも来るな。金やるから早く出て行け！」

リカは体中の血管から血の気が引くような感じがしてフラフラとよろめいた。渉はその背中を押してドアの外に押しやると、ガチャリと鍵をかける。

少しの間、ドアを見つめていたリカだが、開く気配がないと感じると、落ちた札をドアのポストに入れ、フラフラと歩きだした。

外は雨が降りだしていた。渉は窓の外の雨を見ながら、昼間、マリーに顔を殴られたことを思い出していた。

「おんなの子をいじめちゃいけません。めっ！」

（なんだよ、めっ！　て……なんで、マリーのことなんか）

傘を取り出し、リカの後を追いかけようとドアノブに手を伸ばしたが、ここで優しくしたら、またリカを傷つける。傷は浅い方がいいと思い直して、キッチンに向かうと冷蔵庫からビールを取り出し一気に飲み干した。

マリーと会ってから複雑な気持ちが続いている。忘れたくても忘れられない何かが込み上げてきて、変化することへの恐れと、恐れを抑え込もうとする意地とで押しつぶされそうになる。渉はその恐怖を忘れたいがために今度は冷蔵庫の横の棚からウイスキーを取り出し、瓶の口を開けてそのままグイッと飲む。首を左右に振りながらフーッと息を吐き、（何もかも忘れさせてくれ。頼むから）と棚の前にしゃがみこんだ。

雨に打たれながら、リカは絶望感に襲われていた。劇的な一目惚れから始まった本気の恋が、このような形で終わるなどと認めたくなかった。

初めて渉を見たのは五年前。友達に無理やり誘われたピアノコンサートだった。黒のタキシード姿が美しく、瞬きを忘れそうになるほど目を奪われた。男性にしては白く細い指をしていて、もう一度その姿を見たくてDVDを購入した。何度もDVDを再生し、「麗しい姿」を見たくてリサイタルやコンサートにも足繁く通った。

初めて間近で見たのはバーでピアノを弾いていたときだ。初めて見たときと同じようにタキシードを着た渉は、照明の加減か少し陰りを帯びていた。噂ではバイク事故で思うようにピアノが弾けなくなったと耳にしたが、麗しき姿はそのままだった。

その次に見たのは居酒屋で酔っ払いに絡まれているところだった。髪も髭も伸び放題でピアニストの面影などなく、逃げるように飛び出していった彼を、リカは思わず走って後を追った。

後をついていくと公園の水飲み場で、二月だというのに行水をしていた。勇気を出して近づいて声をかけ、持っていたタオル地のハンカチを渡した。それが一年前。

その場の流れと勢いで告白し関係を持った。体だけの関係かもしれないと不安を抱えながらも、優しくしてくれるときも楽しく過ごしたときもあった。でも、よくよく考えたら、自分の一目惚れから始まった一方的な恋だったとリカは気づいてしまった。

（私は一度も渉から愛してると言われたことがない……）

雨は大降りとなり、リカの体にさらに打ちつける。

## やまちゃんの幸せ

マリーはその日、本当に嬉しかった。初めてできた「会社の同僚」とランチをした。これまで、できる仕事をいろいろしてきたが、今日のようにランチに誘われたことはないに等しい。麻衣子が誘ってくれたおかげで、同僚に受け入れてもらったこと、それに大夢と信夫の家族と山下と子猫もいる、なんて幸せなんだろう、という気分をかみしめながら食事をしていた。

「子猫飼うの？」

信夫の妻の真知子が聞いた。真知子は、信夫が以前勤めていた大学病院で看護師をしていた。いわば職場結婚だ。子供がいない二人は、共働きの家族やひとり親家庭の子供たちに週に二度、病院の待合室で夕食を提供する「こども食堂」を開き、場合によっては親が帰宅するまで預かるボランティアをしている。

「かってもいい？　のぶちゃん」

「飼うとなったら責任重大だぞ。ずっとお世話しないといけないいんだぞ」

「…………」

「マリーの体を思ったら医師としては反対だけど、友人としてなら反対する理由が俺にはない。マリーは昔から動物好きだしな」

「いいじゃない、信夫さん。私、猫好きだから、こども食堂のついでに時々手伝うし」

真知子は子猫の箱をのぞきに行く。

「うーん。のぶちゃんの言ってることは、半分くらいしかわからないけど、まりーは子ねこもいっしょにくらしたい」

「子猫はうちで飼おう。僕も手伝うよ」

と、大夢。

「ほんと？　ひろむちゃん！」

「手伝うだけだよ、ちゃんと世話するのはマリーだからね」

「そうそう、マリーがお世話する手伝いを時々、私がするわ」

真知子がウインクしながら信夫に言った。

「はい。おせわはまりーする！　ありがとひろむちゃん!!　まちこちゃん!!」

マリーは大夢に抱きつく。真知子にも抱きついた。マリーのいつもの癖だが、山下は驚いていた。二人は親子なのか？　恋人なのか？　夫婦なのか？　聞くに聞けないでいた。

思い切って今聞いてみようかと思い、口を開く。

「あの……」

「なあに？　やまちゃん」

「あの……お、名前、猫に名前を考えた方が……」

なんとなく聞いてはいけない気がした山下は「お二人はどういった関係ですか？」と言えずに言葉を呑み込んだ。


子猫の名前はウイリーと名付けた。名付け親はなぜか山下。ウイリーは二輪車の前輪を上げて後輪だけで走る一つの技術で、子猫の飛び上がる姿が似ていることから名付けた。マリーと大夢が「ぴょんた」とか「ジャンプにしよう」と意見を交わす様子を見ていた山下がポロッとつぶやいたのがマリーの耳にとまり、そのまま採用された。

「ういりー！　かっこいいね」

「山下さん、センスいいですね」

マリーと大夢は大喜びして子猫にウイリーと呼びかけ合った。


出会って二日目の人間とここまで距離が縮むなんて、人生であるだろうか。そういえば、世の中は「ありえないなんて、ありえない」って誰かが言っていた気がする。

一昨日まで人生に希望など見いだせなかったのに、前向きな心が芽生えるなんて、これは神がくれたチャンスなのか？　などと、山下は心の中で自問自答していた。

「そうだ、山下さん」

信夫が声をかける。

「はい」

「病院の常連さん、常連さんっておかしいな……まぁ暇つぶしでビタミン打ちに来る人いるんだけど、働き手を探してて、いい人がいたら紹介してくれと以前から言ってたんだ。山下さんさえよければ、その人のところで働かせてもらったらどうかな？　ただ、肉体労働だから、続けられるかどうかはお試し期間を経てから決まるらしいんだけど」

「のぶちゃん、その人ってたーさん？」

「そうそう田所社長だよ」

「たーさん、とてもいい人」

「うん、とてもいい社長だよ。頑張れば住むところも紹介してくれるらしいし、どうかな？」

山下は無言だった。

「余計なお世話だと思うなら断った方がいいですよ」

大夢が言った。珍しく厳しい表情をしている。

「なんとなく山下さんが感じていることはわかりますよ。赤の他人の僕たちが衣食住を提供する。普通では考えられないことかもしれません。でもね。僕たちにはこれが普通なんですよ」

「普通なんですか？　僕がどういう人間かもわからないまま家に上げて、ホームレスになった事情もここで簡単に話しただけで、ほんとはもっと悪い人間かもしれないのに」

「あなたの過去は正直、興味ありません。なぜあなたなのか理由もありません、マリーはどうかわからないけれど……僕はマリーのすることを受け入れているだけ。ただ間違ってほしくないのは、ここにいるみんなの立場とか考えずに、ご自分のことだけ考えて答えてほしいんです。周りのことを考えるのは後でいいですよ」

様子を見守っていたマリーが山下に慈愛に満ちた笑顔で言った。

「やまちゃん。ゆっくりかんがえて。やまちゃんがしあわせな気分でなにがしたいのか……」

山下は目を伏せ、パッと見開くと、間を置いて言った。

「……少し考える時間をください」

（マリーと大夢は頭がおかしいのか、何か魂胆があるのか？　……いや魂胆があるように は見えない。やっぱりあの二人がおかしいのか、僕の頭がおかしくなったのか？　なんで僕はここにいるんだ？）

山下の思考が竜巻のように動きだす。思えば、ホームレスになってから最初の数日は食べ物と飲み物のことばかり考えていたが、食べられない日が続くと何も考えられなくなり、気が付けば頭が空っぽのまま寝転がっている日々だった。そこにマリーが現れた。そして昨日の夜、久しぶりに家族がいたことを思い出したのだ。

「二人ともどうしているだろう……」

急に妻と子供のことが気になりだした。書き置きもせず、ただ会社の書類と離婚届を置いて出てきてしまった。きっと離婚届を出して実家にでも戻っているだろう……もやもやした気持ちになり、眠れなくなった山下は身の回りを整理した。


朝、大夢はいつも通り起きて朝食の準備を始めるが、少し様子が違うことに気が付く。

「ん？　なんだろ？」

テーブルにメモ書きが置いてある。

『いろいろお世話になりました。ご恩は忘れません。本当にありがとうございました。山下　実』

横からマリーが覗き込む。

「ひろむちゃん、かみに、なんて書いてある？」

「ああ、マリー、おはよ。お世話になり、ありがとうって」

「ふーん。きっと、かぞくのところに帰ったんだよ」

「え？　どうしてそう思うの？」

「だっておなかが、いっぱいになって、おふろで気持ちよくなって、ゆっくりねむった。しあわせな気持ちになったから、しあわせになれるところに行ったんだよ」

大夢は大声で笑った。

「マリー！　さすがだよ!!」

マリーのこういう純真なところが大夢は好きなのだ。

「さ、ご飯支度するから、マリーは顔洗って」

「はーい。きょうはお休みだから、ういりーとおさんぽする」

「まだ、だめだよ。子猫のミルクの時間と作り方書いておくから、その通りにやって。それと、田村さんに来てくださいって連絡しとくから、描けた絵を見せてあげて」

「はーい」

マリーの中に疑心暗鬼という言葉はない。それに嫌気がさして離れていく人もいるが、マリーとの出会いに救われた人も多い。

## 新しい絵

田村洋子（たむらようこ）はマリーの学生時代からの友人で、信夫のほかに唯一、霧島達夫とマリーと大夢の関係を知る人物だ。両親が営んでいた画商がバブル崩壊の影響で経営不振に陥ったが、美術大学を中退した洋子が独学で経営に乗り出し、不況を乗り越え、今に至っている。マリーの才能を見いだしたのも洋子で、描き上げた絵を買い取ってくれたり、個展を開いたりしてくれている。

昼過ぎにマリーの携帯が鳴る。

「はい」

「マリー？　洋子だけど、上がっていい？」

「うん、いいよ、ドア、あけるね」

洋子は部屋に入る前に必ず電話をかけてくる。これは、マリーと洋子の昔からのルールらしい。部屋に入った洋子は子猫を見るなり、

「あなたがマリーに拾われたニャンコでしゅか〜〜〜かわゆいでしゅね〜〜」

洋子も大の猫好きらしい。

「ようこちゃん、ごはんは食べた？」

「大夢のご飯食べようと思って抜いてきた」

「きょうは、肉やさいいため。レンジでチンしてくるね」

「じゃ〜私はマリーの絵の鑑定をしましょうか」

「はーい。あっちのへやにある、絵のぐはかわいてるとおもう」

「よっしゃ！」

マリーは大夢が調理した肉野菜いためとみそ汁を温め、ご飯をよそい始めた。洋子はマ

リーの自室兼アトリエで声を上げる。

「ブラボー!!!　相変わらず青と緑の色使いが綺麗だわ。この分なら、個展開いてもすぐに買い手が出てくると思うわよ」

部屋には描き終わった絵が一枚と、もう一枚描きかけの絵があった。部屋を出た洋子は真っ先に聞く。

「ねぇマリー、もう一枚の描きかけの絵があるんだけど、あれは？」

「あれはねぇ、できてからのお楽しみ。だから、だれにもいっちゃだめだよ」

「(ばれると思うけど)大夢は知ってるの？」

「ひろむちゃんは見てもわからないとおもう」

「一応聞くんだけど、あれは、きりたっちゃんじゃないよね？」

「うん。ちがう。ごはん、じゅんびできた。食べよ」

「……ああ。はいはい」

マリーにどんな心境の変化があったのか、洋子は知りたかった。マリーは今まで霧島達夫以外の人物を描いたことがない。今見た下絵は、あきらかに霧島ではない別の人物で男性のようだった。大夢に聞くか考えたが、お互い、いい大人だし、今は様子を見ることにした。

洋子がマリーと出会ったのは、高校に入学して半年ほど経った頃、下校時間に学校の花壇のところに一人ポツンと座って、学習ノートに鉛筆でスケッチをしているマリーを見かけ、洋子は後ろからそっと近づいて覗き込んだ。

花壇の花を描いているのかと思いきや、そのずっと先に見える、木のてっぺんに見える「夕月」を描いていたのだ。その衝撃は今でも忘れることができない。まるで白黒写真のような写実的な絵を描いていた。

生徒の間では、字もろくに書けない、簡単な計算もできない頭の悪い子と噂されていたのに、絵の上手さは高校生レベルを超えていると感じた洋子は、画商の娘ということもあって声をかけたのが付き合いの始まりで、今に至る。当時はマリーの障害のことがわからず、会話することも難しいのに苛立つあまり、マリーに怒りをぶつけたこともあった。にもかかわらず、マリーは優しく接してくれていた。特に、大学を中退しなければならなくなったときは、マリーの言葉にどれだけ救われたことか。「ようこちゃん、解決できない問題はおきないんだよ。だから、だいじょうぶ」。今もその言葉を胸に、画商を営んでいる。

食事が終わり、洋子はマリーの絵をビニールシートに包むと、来週の個展の準備を今からするのだと言って帰っていった。

## 恋かもしれない

週明けの月曜日、会社ではリカの噂話で盛り上がっていた。このまま無断欠勤が続けば解雇される可能性が高いらしい。

「どうしたんだろうね。岩瀬さん。事業説明のとき、朝出勤してきて、私たちの研修室には来ずに、そのままどこに行ったかわからないんだって」

「なんか響さんと付き合ってるっぽい感じで追いかけて行ったでしょ?」

「二人のこと、何か知っているの?」

「わからないけど、親しげだった」

　渉は話には加わらず素知らぬ顔をし、マリーは話題についていけず、ただリカが走り去って行ったことだけが気になっていた。やがて研修資料が配られるとそれを何度も読み返し、パソコンのキーボードと睨めっこする姿勢になっていった。何度か読んでいるうちに代理担当に呼ばれ、

「田中さんは数字だけを入力する仕事だから、パソコンのここの使い方を覚えてください。他でわからないことはすぐに聞くように。皆さんも資料を読んで、できる限り空で言えるようにマニュアルを覚えてくださいね。それと、当たり前のことですが、研修中も仕事なのでお静かに願います」

と、注意されてしまった。

　仕事内容はデータ入力がメインで、合間に電話を取り次いだり質問に答えたりの一般的な対応処理。そのなかでマリーの仕事は、伝票の数字をパソコンに入力することだった。

　退社時間になり、マリーは麻衣子に一緒に帰ろうと声をかけられ、この日もキッチンカーカフェに立ち寄った。

「お帰り、マリー。今日は二回目だね。そちらのお嬢さんは今日で二回目」

加納が笑顔で迎えてくれた。

「かのちゃん、こちらは、まいちゃんっていうの」

「覚えてるよ。前にみんなで来たときにいたよな！　特に別嬪さんの顔と名前は忘れない」

「べっぴん？　私、初めて言われました！」

「そっか。みんな照れてるのさ」

などと他愛もない話から、麻衣子は渉のことを話し始めた。

「あのね、マリー。響渉なんだけど」

「はい。わたるちゃん」

「うん。その渉ちゃんなんだけど、ピアニストだって知ってる？」

「はい。知ってる。いまはピアノ、ひいてない」

「それは、響から聞いたの？」

「きいてない。でも、まりーはわかる。あの手は、ピアノひきたがってる」

「え？　どういうこと？」

「まいちゃん、もう少しまって。わたるちゃんは、ピアノひくから。かならず」

「ね、マリーはどうして、響がピアニストって知ってるの？」

「きりたっちゃんと、おなじ手をしているから。前に、テレビでみたこともある。おなじ手だから、おぼえてた」

「きりたっちゃん!?」


「おーい！　大夢！」

加納が呼びかけた方を見ると、大夢が手を振りながら近づいて来ている。

「まいちゃん、ひろむちゃんがむかえにきちゃった」

「あ、うん。今度は食事、一緒にしよ」

「それなら、まりーんちで今から食べよ」

「ごめん、今日は今から絵を観に行くの。今日しか展示されない絵があって、ここ数年で人気が出てきた「MaryLou」っていう画家の絵なんだけど、とても綺麗な絵なのね。今日、新作披露でさ、めったに新作出さない人らしいから観にいくのよ」

「そっかぁ、じゃまたこんどね」

そばで見ていた大夢が麻衣子に声をかける。

「マリールー好きなんですか？」

一瞬ドキッとした麻衣子は緊張しながら答えた。

「はい、去年、たまたま通った画廊のショーウィンドウに飾ってあった海の絵を観て、綺麗な青が素敵で、そのときから好きで……」

「マリールーは青をよく使うみたいだからね」

大夢がマリーの方を見て言った。

麻衣子は一瞬、大夢の横顔に見惚れた。男性にしては細くて長めの首に喉仏が出て、切れ長の瞳の上からは前髪を筋の通った鼻先まで伸ばし、横は二ブロックに刈り上げている。

マリーも年齢は不明だが、年上にしては幼い。丸みのある輪郭に肩まで伸ばしたボブカット、クルクル動く澄んだ瞳、並ぶ二人は年の差を感じさせないカップルに映るだろうなどと考えていたら大夢と目が合った。麻衣子は慌てて大夢に聞いた。

「マリールーの絵、観たことあるんですか？」

「まぁ、ね。本通りに田村画廊ってあるんだけど、そこに展示されてるのを通りすがりによく観るんですよ」

「そう！　田村画廊！　今日マリールーの新作の絵がそこで展示されるの」

「そうなんだ」

「マリールーの正体は不明らしくて、ググっても出てこなくて、そこがまたミステリアスで興味引かれるんですよね～」

嬉しそうにマリールーの話をする麻衣子を、大夢は微笑ましく見ていた。麻衣子は大夢と目が合うとドキドキしてしまうので、目を合わさないようにしていたが、そうすればするほど意識してしまう。それでも大夢の横顔や漆黒の髪を目で追ってしまう。（きっと私は、この人のこと好きになってしまう。それは叶わない恋になるかもしれない。ここでやめにしよう……）

麻衣子は胸の奥に感情をしまうことにした。


「すみません。個展観に行くのに足止めしてしまって」

大夢が頭をかきながら言っていた。

「いえいえ、マリールー知ってる人に会えて嬉しいです。じゃ、また」

手を振りながら駆け出す麻衣子の後ろ姿を、大夢はずっと目で追っていった。

「ひろむちゃん、まいちゃんかわいいでしょ」

大夢が振り向くと、マリーがニヤニヤしながら見ていた。

「うん。可愛いし明るいし素敵な人だ」

「まりーもまいちゃん好き。ひろむちゃんも好き。りょうほう好きだから、ね、ひろむちゃん!!」

さらにニヤニヤしながら、マリーは大夢の肩を押す。

「なんだよ。茶化すなよ」

マリーがにやけるので、大夢もつられてにやけてしまった。

「さ、帰ろう」

「はい」


スーパーマーケットで食材や猫缶といったペット用品を選びながら、

「いまおもいだした」

と、マリーは大夢に、麻衣子が渉の従妹であることと、先ほどの麻衣子との会話の内容を話した。

「でね、なんでわたるちゃんがピアニストってわかったの？　って聞かれたから、きり

料金受取人払郵便

新宿局承認

2525

差出有効期間
2025年3月
31日まで
(切手不要)

郵便はがき

1 6 0-8 7 9 1

1 4 1

東京都新宿区新宿1－10－1

(株)文芸社

愛読者カード係 行

| ふりがな<br>お名前 | | 明治 大正<br>昭和 平成 年生 歳 |
|---|---|---|
| ふりがな<br>ご住所 | □□□-□□□□ | 性別<br>男・女 |
| お電話<br>番 号 | (書籍ご注文の際に必要です) ご職業 | |
| E-mail | | |
| ご購読雑誌(複数可) | | ご購読新聞<br>新聞 |

最近読んでおもしろかった本や今後、とりあげてほしいテーマをお教えください。

ご自分の研究成果や経験、お考え等を出版してみたいというお気持ちはありますか。

ある　　ない　　内容・テーマ(　　　　)

現在完成した作品をお持ちですか。

ある　　ない　　ジャンル・原稿量(　　　　)

| 書　名 | | | | |
|---|---|---|---|---|
| お買上<br>書　店 | 都道<br>府県　　　市区<br>郡 | 書店名 | 書店 | |
| | | ご購入日 | 年　月　日 | |

本書をどこでお知りになりましたか？
1.書店店頭　2.知人にすすめられて　3.インターネット（サイト名　　　　）
4.DMハガキ　5.広告、記事を見て（新聞、雑誌名　　　　）

上の質問に関連して、ご購入の決め手となったのは？
1.タイトル　2.著者　3.内容　4.カバーデザイン　5.帯
その他ご自由にお書きください。
（　　　　）

本書についてのご意見、ご感想をお聞かせください。
①内容について

②カバー、タイトル、帯について

弊社Webサイトからもご意見、ご感想をお寄せいただけます。

ご協力ありがとうございました。
※お寄せいただいたご意見、ご感想は新聞広告等で匿名にて使わせていただくことがあります。
※お客様の個人情報は、小社からの連絡のみに使用します。社外に提供することは一切ありません。

■書籍のご注文は、お近くの書店または、ブックサービス（0120-29-9625）、セブンネットショッピング（http://7net.omni7.jp/）にお申し込み下さい。

たっちゃんのこと言おうとしたら、ひろむちゃん来て、お話おわった」

「渉さんの従妹だから、呼び捨てだったんだ」

リンゴを買い物カゴに入れながら大夢はつぶやいた。そばでまたマリーがニヤニヤしている。

「まりーはあたまがわるいけど、好きの気持ちはわかるよ～」

「もうよせって！　そんなんじゃないから」

「てれてるのね～ひろむちゃん！」

「頼むよマリー、しつこいって！」

「はぁい、ごめんなさぁい」

これ以上言うと怒らせてしまう。その加減をマリーはわかっていた。

マリーが会社に勤め始めてから二週間が経った。渉も真面目に出社し、不愛想はそのままだが時折、笑顔を見せるくらいには職場に馴染んでいた。

麻衣子はそんな渉を見て、何か心境の変化があったのか、機会があれば聞いてみようと思った。

一年半前に事故に遭うまでは、渉は無口ではあったけど不愛想ではなかった。いわれのない報道と事故が何もかも変えてしまったのだ。

リハビリを受けて普通にピアノも弾けるはずなのに弾こうとしない。それを指摘すると、弾けるだけではダメなんだと怒ったこともあった。

それが、この職場に来てから少しずつ元の渉になってきている。そして、いつもマリーのそばにいる。もしかしたら響はマリーに恋しているのかもしれない。だとしたら、ライバルは大夢さんということに……従兄妹同士、苦しい恋をするのは遺伝も関係するのかな？　と妄想していると、昼食の合図がパソコンから鳴った。

（妄想してたらランチの時間だ……）

パソコンをロック画面に切り替え、麻衣子は部屋を出た。

自動販売機前にマリーと渉がいる。麻衣子はそっと近づいて、

「なんか仲いいんだね、二人とも」

「はい。さいしょから仲よし。まいちゃんとも仲よしでしょ？」

「そうだね」

（マリーは本当に憎めない人だな。大夢さんと渉が惚れるのも無理ないかも。年の差も関係ないし）

麻衣子はマリーの笑顔を見て、急に心が軽くなった。

（この人にライバル心なんてないだろうし、こんなピュアな人間見たことない。なんか仲良しって言われて嬉しい……）

「ねえマリー、今度食事しよって言ってたでしょ？　いつにする？」

「きょう、おしごとおわってからうちで食べよっか？　ひろむちゃんのごはんおいしいし、子ねこも少しおおきくなったし、ね？」

マリーは渉の方にも顔を向けて言った。

「そうだ、子猫飼ってるって言ってた！　見たい見たい。……でも急に二人押しかけて、大夢さん困らない？」

「二人って、まだ俺行くって言ってないんだけど……」

麻衣子は渉の方をニヤニヤ見ながら小声で言った。

「響さ、いい感じに変わったね。優しくなった。それにマリーと仲良しって言っても怒らないもんね。お互いに強力なライバルいるけど、実らなくてもあの二人なら祝福できるよ、私……響も大人になれ!!」

「何言ってんだ？　言ってる意味がわかんねー」

さらに小声で麻衣子は渉に言った。

「響渉くん。あなたはマリーに恋していま～す」

渉は眉間にしわを寄せて言った。

「は？　何言ってんだお前」

「は～い出ました。お・ま・え。高校のときからの癖だよね。図星さされたらお前って言うの」

「うるせぇ」

渉はそそくさと、歩きだした。マリーに会話は聞かれていないようだが、渉が麻衣子の言葉に動揺していることは確かだった。チラリとマリーに視線を向けると、マリーは自分の鞄から携帯電話を取り出しているところだった。

「ひろむちゃんはだいじょうぶ、でもメールしとく。そうだ！　こないだわたるちゃん、カレー食べずに帰ったでしょ？　カレーにしてもらお。まいちゃん、カレーでもいい？　ごはん」

「大好き大好き。嬉しい。じゃ、ランチはカレー以外にしとかなきゃ」

「はい。かのちゃんとこでは、さんどいっちを食べます」

「いつもマスターのところでランチしてたの？　二人で？」

「おにぎりのときもあるよ。朝はやくおきたときは、まりー、じぶんでおにぎりをこさえて持ってきてる……。ときもある」

「俺はいつも一緒に行ってるわけじゃないよ。マリーが勝手にくっついてくるんだよ。おにぎりって言っても一回しか見たことないけどな」

「迷惑？」

　意地悪そうな表情で麻衣子は聞いた。

「迷惑とかそんなんじゃないよ」

「やっぱりいい感じに変わったね。少し前は、迷惑だ！　ほっといてくれ！　って怒ってたのに今は……」

「も、もういいって。休憩時間が終わるぞ」

「あ、わたるちゃん、あした土ようびで、おしごとやすみでしょ？　びっくりすることがあるから、家にいてうけとってね」

「受け取ってって何を?」

「いいから、あしたとどくから」

「なんだよ。今日は麻衣子の話も意味不明、マリーはもっとわからん。何が届くんだ?」

## 惨劇と人々

三人連れ立って、エレベーターで一階に下り、ロビーから正面玄関を出ると、渉が立ち止まる。目の前には岩瀬リカが立っていた。

「リカ……」

「え?」

麻衣子は息をのんだ。というのも、リカの立ち姿に以前のような面影はなく、体はやせ衰え髪もボサボサで、肌はボロボロに荒れて、一瞬誰だかわからなかったからだ。その異様な姿に周囲が悲鳴を上げるなか、呆然とした麻衣子の横を影が走った。ハッとして目線を横にやると、マリーが両手を振りながら例のごとくリカに駆け寄るのが見えた。

「わぁい! いわせりかさぁん」

涉は大声で叫ぶ。

「やめろ！　行くなーー」

マリーのいくつかある癖の一つで、親しい人や会いたい人を見ると両手を挙げて喜びを表し、抱きつくことがある。

マリーは、マリーだけはリカを気にかけ、会うと嬉しい人と認識していたのだ。思い起こせば二週間ほど前からリカは出社しておらず、連絡も取れないまま、解雇通告を受けていた。最初の頃は噂にもなったが、次第に話題にも上らなくなり、人の記憶からも遠ざかって今に至るなか、マリーはおそらく口にせずとも心のどこかに留め置いていたのだろう。

マリーはリカを優しく包むように抱きしめると、

「げんきでしたか？　みんなまってました。おしごとおしえてください……」

ニコニコしているマリーにリカは震える声でまくしたてた。

「どうして？　わたし、あなた！　どうしてーー!?」

体中ブルブル震わせ泣き叫ぶリカは持っていたものから両手を離し、真っ赤に染まった自分の手をマリーの肩越しに見てさらに叫んだ。

「いやーー！　ごめんなさい、ごめんなさい」

「だいじょうぶですよ。いわせさん。だいじょうぶ」

マリーは両手で、リカの顔を挟み、目を合わせ満面の笑みで、

「だいじょうぶ」

と言うと、膝から崩れ、その場に倒れてしまった。

渉と麻衣子はそれを見て駆け寄った。

周囲は蜂の巣をつついたような騒ぎだが、渉と麻衣子の耳には入らなかった。

渉がやめろと叫んだのは、リカの手にナイフが見えたからだ。マリーからも見えていたはずなのに、なぜ飛び出した。でも原因を作ったのは俺かもしれない、様々な葛藤が渉の頭を駆け巡る。

麻衣子は持っていたハンカチでナイフが刺さっている腹部を押さえ、周りの人に救急車

を呼ぶよう声をかけた。リカはその場で警備員に取り押さえられて座り込んでいる。見回すと会社の玄関は人だかりで、麻衣子はどうしたらいいのか、それぱかり考えていた。そこに人をかき分けて加納が現れた。

「何の騒ぎだ!? どうしたの？ マイちゃん座り込ん……マリー!!! どういうこっちゃこれは。救急車は？ まだ来ないのか？」

麻衣子は加納の顔を見て少しほっとしたのか、涙が溢れて止まらなくなった。

「きゅ、救急車は呼んでもらったからもう少しで来ると思うけど、血が止まらなくて」

「よし、わかった。おい！ 誰かタオルか何か持ってないか？ 貸してくれ!!」

加納は何人かが差し出したタオル地のハンカチを受け取ると、麻衣子と交代して傷口を押さえ、自分のスマホを渡し、大夢に連絡するよう麻衣子を促した。

麻衣子は溢れ出る涙をぬぐえぬまま大夢に連絡した。大夢は麻衣子に救急車を呼んでどれくらい時間が経ったか聞いてから、

「病院が決まったら、僕の携帯に連絡するよう隊員さんに伝えて」

「……はい。わかった」

「泣かないで。泣くとマリーも悲しむから。僕も悲しくなるから。ね？」

「うん」

電話を切ると大夢は信夫に連絡した。

「……わかった。大夢、救急隊員から連絡あったら、俺にも電話くれ。状況がわからないと何もできないからな。大夢、落ち着けよ」

「わかってるよ。のぶちゃん。キャッチが入った!! たぶん救急からだ。このまま病院に向かう。メールするよ」

信夫は電話が切れる音と同時にパソコンにあるマリーのカルテをコピーして、携帯に移し始めた。その間に大夢からメールが届く。カルテを移し終えてからメールを開くと「星ヶ丘記念病院」とだけ書いてあった。

(星ヶ丘か……)

「真知子! 今から星ヶ丘に行ってくるよ。マリーが大怪我したらしいんだ」

「ええっ!? 大怪我って、どうしたの?」

「なんでも、会社の前でナイフで刺されたらしいよ」

「ちょ、ちょっと大変じゃない！　あなた急いで行って！」

「ああ、病院の方はおやじに頼むよ」

「わかった。気をつけてね。詳しくわかったら必ず連絡ちょうだい。みんな心配するから」

頷きながら医院を出ると、すぐにタクシーを捕まえて乗り込んだ。走行中のタクシー内で信夫は祈った。

（霧島！　まだ迎えに来るな、マリーを連れて行かないでくれ。マリーの願いはまだ叶ってないんだ。頼む!!）

病院に着いた大夢は、キッチンカーで後を追ってきた加納と麻衣子と合流した。

「かのさん！　マイちゃんも、状況は？」

「すぐに手術室に入ったみたいで何もわからないんだ。誰も出てこないし」

加納が話す横で、麻衣子が目を赤くして手術中のランプを見ていた。

シューッという音を立てて手術室の扉が開き、慌ただしく看護師らしき女性が出てきた。

「マリーは？　大丈夫でしょうか」

大夢は落ち着いた声で聞いた。

「ご家族様ですか？」

「はい」

「出血がひどくて輸血が必要なんですが、病院にある血液だけでは足りなくて。血液センターに連絡して、お身内の方にもご協力いただかなくてはならないんです!!　一刻を争う状況でして……」

「僕の血を使ってください。僕は息子で同じ血液型です」

「そうでしたか。でしたらこちらへ！」

加納と麻衣子は顔を見合わせた。

（親子だったんだ!!）

そして加納は、自分の血も輸血できないかと声かけた。

「おい、マリーの血液型は？」

「A型です」

「俺、Bだ」

「私はO型だわ」

「二人ともありがとう。その気持ちが嬉しいよ」

看護師と大夢は処置室へ向かっていった。

あの二人は親子だったのか。こんな状況だというのに、麻衣子は一瞬期待を持ったが、すぐに不謹慎だと自分を戒めた。

時間が経つとともに人は冷静になるもの。この世で「時間」が一番優しいのかもしれない。麻衣子は渉がいつの間にかいなくなっていることに気づいた。

（あいつ、どこに行ったのよ）

麻衣子の心を読んだかのように加納が話しかけてきた。

「なぁ、渉どこに行ったんだ？　マリーが倒れたときにはあの場にいたと思ったんだけど……」

「ちょっと、携帯電話かけてくる!!」

病院の玄関外に出て、何度も渉のスマホに電話をかけるが一向に出ない。

「もう、せっかくいい感じに変わってきたのに、あいつ、また逃げる気なのかな？　もしかして、マリーのケガも自分のせいだって変な思い込みしてんのかな？」

麻衣子が手術室の前に戻ると、見知らぬ男性と加納が話をしている。

「マイちゃんどうだった？　渉、連絡ついた？」

麻衣子は首を横に振りながら、フーッとため息交じりで息を吐いてから、

「ほんと、どうしたんだろ。マリーと出会ってから、昔の優しい響に戻りつつあったのに……」

「あ、そうそうこちら、松下信夫先生。マリーと幼なじみで主治医らしいんだ。大夢から、ここに俺らがいること聞いて来たんだって」

信夫が立ち上がって会釈をした。

「私、里中麻衣子と言います。マリーの同僚で、ほんとなら今日、マリーの家で一緒に食事しようって……それがこんなことに……ん？　主治医？　マリーはもともとどこかお悪いんですか？」

「まぁ、そんな大袈裟なもんでもないですよ」

再び手術室の扉が開き、バタバタと手術着を着た看護師と医師らしき人が出てきた。そこに信夫が話しかける。

「あの、僕は患者の主治医でして、カルテを持って来たんですが……」

「あ、松下先生じゃないですか？　大学病院で心臓外科医だった」

医師がマスクを外す。背が高く、エラの張った輪郭に濃くて太い眉が印象的で、昔、信夫が勤めていた大学病院にインターンとして来ていた医師だった。

「大村！　いや大村先生」

「先生はやめてくださいよ。僕の方がだいぶ後輩なんですから。積もる話はたくさんありますが、後にしましょう。カルテがあるなら、こちらに来てください」

「ああ。加納さん、麻衣子さん、大夢が来たら、僕が状況聞いてること伝えてもらえますか？」

「ああ、わかりました。伝えるよ。俺たちここで待ってたらいいんだな？」

大村医師は大きく頷き、信夫と別室へ行った。

加納は麻衣子に事の経緯を聞き、麻衣子は見た通りのことを伝えた。加納はあんなにピュアで優しい人が傷つくことは悲しいことだと目頭を押さえる。

ほどなくして、大夢が腕を押さえながら戻ってきた。

「おお、大夢、大丈夫か？　血抜いたんなら寝てた方がいいんじゃないか？」

「僕は大丈夫ですよ」

「そうか？　あ、先生方は今状況説明とやらに行って、ここで待つように言われてんだよ」

「かのさん、本当にありがとう。お店ほったらかしで大丈夫？　マイさんも、僕がついてるから二人とも戻っていいですよ」

「なーに水臭いこといってんだよ大夢。何かのときに車が要ることだってあるんだ。一緒に待たせてくれよ。このまま帰ったらさ、気になって仕事にならないよ」

「そうよ、大夢さん。私はマリーの同僚で友達なんだし。待ちたいから待ってるの」

「ありがとう。本当にありがとうございます」

そこへ奥から大村医師と信夫が戻ってきた。

「よろしくお願いします！」

と、信夫が頭を下げ、大村医師は手術室に入っていった。

「どうなのよ？　信夫先生」

加納の目が赤くなっている。信夫は三人にゆっくりと話し始めた。

「黙っててもどうせわかることだから、はっきり言うとだな。急所は外れてるから一応は大丈夫らしい。けど出血がひどくて、意識が戻るかどうかわからんそうだ。もともと心臓が弱くて普段の呼吸も浅く、脳にたくさん酸素を送れないから、うちで定期的に診てたんだ……。

人間の体ってうまくできてて、一つ傷ができると自動的に傷を治そうとするんだ。他の機能を休めてまでな……。外から傷を縫い合わせても針を通すところには傷が入るわけだからさ。これが健常者だったらなんてことないんだけど、マリーは生まれつき心臓が弱いからな。他の部分に体が集中すると、心臓や脳の機能が弱る。手術って意味では成功なんだけど、回復ってなるとわからないんだよ」

三人とも無言だった。間が持たないと感じた信夫はつぶやいた。

「生きることと、死なないってことの差は大きいよな……」

三十分ほど静寂が続き、赤く「手術中」と光っていた明かりが消え、中からストレッチャーに乗ったマリーが人工呼吸器や点滴、輸血パックを付けた状態で出てきた。

後から続いて大村医師がマスクを外しながら現れ、

「松下先生から説明あったと思いますが……、僕と松下先生という強い味方がついてます。希望を持ちましょう！」

「ありがとうございます」

四人同時に頭を下げた。

数日間はＩＣＵ（集中治療室）で完全看護らしい。信夫は真知子たちが心配しているからと先に帰った。加納は何かあれば必ず連絡するようにと、車が必要になれば遠慮せず言ってくれと言い残し帰っていった。

麻衣子は黙って大夢のそばについていた。ガラス越しにマリーを見つめる大夢にささやきかける。

「お母さんだったんだ……」

「ん？　マリー？　……言ってなかったね。言うタイミング外したっていうか……」

「実はね、初めて会ったときから気になってたの。マリーと大夢さんは親子か、はたまた年の差カップルか年の差夫婦か、あるいは姉弟かって……一緒に住んでるのに苗字違うしさ」

「そうだったんだ……。まぁ母親にしてはマリーは幼稚すぎるしなー。苗字はね、僕の父が亡くなって、父の親族とマリーとの間に色々あって……。死後離婚したんだよ。それで、マリーだけが『霧島』からはずされたんだ。話せば長くなるんだけど……」

「そう……」

麻衣子は「死後離婚」というのが気になったが、戸惑いを見せる大夢の表情を見て、今は聞いてはいけないと思い、少し間を置いて話した。

「で、でも、苗字の違う親子は多いし、あのあどけないところに魅力があるし、うちの同僚たち、マリーのこと好きだもの。響もマリーと会ってから優しくなってきたわ。昔のピアノ弾いてた頃の響に戻ってきた、と思ってたのに……」

うつむいて黙り込んだ。きっと響もマリーのことを気にしてるはずなのに、何度電話をかけても出ない。メッセージアプリも試したが既読がつかない。そのうち充電が切れたのか呼び出し音も鳴らず、音声ガイダンスが流れるばかりになった……。

「どうしたの？　マイちゃん」

「さっきから、マイさんからマイちゃんになった」

「あ、いや、その、無言になったからつい……。ちょっと聞いてもいい？」

「はい。何でしょう？」

「渉さんのこと、なぜ苗字で呼ぶの？」

「昔は名前で呼んでたんだけど、一緒にいると、年が近いのもあって、彼氏彼女に見られちゃうことが多くて、高校の頃は同級生にからかわれて困ったことがあったの」

「もしかして、その頃、本命の彼氏がいた？」

「うん。誤解されたまま、卒業と同時に自然消滅したけど」

「聞いて悪かったかな……」

「全然悪くないよ。今となっては若い頃のほろ苦い思い出」

二人は声を潜めてクスクス笑い合った。


麻衣子はあらためて、今日マリーに何が起きたのか大夢に話し始めた。警察も一度手術中に訪ねてきたが、加納がマリーの状況を簡単に伝え、後でもう一度来ることになっていることや、「岩瀬リカ」が何者であるのかも一つ一つ話し終えた。

「マリーはきっと警察にもどこにも訴えないだろうな」

「被害届、出さないの？」

「うん。出さないよマリーは。被害に遭ったという自覚もないと思うよ」

「大夢さんは刺した相手が憎らしくないの？　大事なお母さんを傷つけられたのに」

「憎らしいし腹立たしいよ。でも僕は、マリーが嫌がることはしないって決めたから」

「嫌がること？」

「うん。マリーがこの世で一番嫌がることはね、心を傷つけ合うことなんだ。心の傷は癒えたとしても元通りにはならないから」

大夢は自分の鞄からノートを取り出し、白紙のページを一枚破いて麻衣子の前にかざす。

「この紙見て。真っさらでしょ？　これを人の心として見て」

「うん」

大夢は見せた紙を両手でクシャクシャに丸めてから再び広げて、もう一度麻衣子に見せた。

「これ、見て。さっきと同じ紙だけど真っさら？」

「いいや、シワが残って広がってる」

「傷ついた人の心はね、癒えてもこんな感じなんだ。元には戻らないってマリーが教えてくれたんだ」

「……大夢さん、私マリーのこと大好き、そして尊敬するわ」

「だろ？　自慢の母だよ……それより入院に必要なもの取りに家に帰るから、マイちゃん送っていくよ……いや、もしよければ手伝ってくれる？　ほら、今日ほんとはうちで食事する予定だったし、子猫も見たいって……マリーがこんな状態なのに何言ってんだろ僕……」

大夢は急に照れ臭くなり、頭をかいた。

「手伝わせて。できることしたいし」

大夢は麻衣子を見つめていた。麻衣子も目線を外さずじっと見つめる。

## マリーと達夫の物語

自宅に戻ると十九時を回っていた。暗い部屋に子猫の鳴き声が響いている。

「ごめんよ、ウイリー。お腹すいたよね。でも一人で留守番偉かったにゃ～」

玄関先で照明のスイッチを入れ、靴を脱ぎながら子猫に話しかける大夢。彼はもっとクールなタイプだと思っていたが、母親思いなうえ、意外にお茶目なのだ。麻衣子にはそれが妙に面白かった。そして、玄関のポスターが目に留まる。

「この人がマリーの『きりたっちゃん』？」

「そーだよー、で、僕の父さんなんだ」

部屋の奥の台所から猫缶を開けながら大夢が答える。

玄関を上がると細くて短めの廊下があり、その壁には見覚えのある絵がずらり並べて飾ってあった。絵の右下には「MaryLou（マリールー）」と青色で書かれている。麻衣子は声にならない声で大夢を呼んだ。

「ひろ、ひろ、あのこれ、ま、ま」

「落ち着いて。この絵のことでしょ。これを見せたくて来てもらったんだ」

「大夢さん、ものすごいファン？　マリールーの」

「ファン……んーそうだなー……気づかない？　マリーの本名ってなぁんだ」

「田中まりる。ん？　まりる……マリールー！」

「正解！」

「マリーがマリールー？」

「そうだよー」

麻衣子はもう一度、廊下の空間を画廊に見立てて飾ってある絵をじっくりと眺めた。その姿を大夢は愛おしく思い、マリーのことが心配なこともよそに、思わず後ろから優しくそっと抱きしめる。麻衣子はドキッとしたまま大夢の腕を両手で包み込んだ。

「マイちゃん」

「はい」

「僕はマイちゃんが好きだ」

「うん」

「マイちゃんは僕をどう思う？」

「……好き」

「マザコンでも？」

「ふふふ、男の人は基本マザコンでしょ？」

にゃーにゃーにゃー……。

「ウイリーが呼んでる。猫缶開けただけで皿に盛ってなかった。ごめんウイリー、すぐに出すから!! まってにゃ〜」

慌てて台所に戻った大夢を見て、麻衣子は少しだけホッとしたような残念なような気持ちになっていた。マリーの意識が戻らないという状況なのに、このままキスでもして、雰囲気で流されて関係を持ったとしたら、あまりに不謹慎ではなかろうか? いや大夢はそこまで考えてなかったと思う。それどころではないはず……。

大夢は少し浮かれながら、猫缶の中身を盛った皿と新しい水をウイリーの前に置いてやってから、二人分の食事の用意を始めた。

「わたしも手伝うわ」

二人で食事の用意をしながら、人はささやかな幸せを感じて生きているのだ、と麻衣子は実感していた。

食卓に着いた大夢はあらためて話し始めた。

「のぶちゃんから聞いた話がほとんどなんだけどね……」

今から三十年前に、マリーと霧島達夫は高校で出会った。

霧島は美形なうえにピアノに秀でており、女子にとてもモテていたが、本人はとても反抗的で、誰かとつるむこともなく一匹狼のように過ごしていた。たまに学校に来ても、まともに授業は受けずに、音楽室に行っては勝手にピアノを弾いて、先生を困らせていたらしい。

マリーはというと、当時は発達障害という病名すら知られていなかったので、普通のことができない生徒として違う意味で先生を悩ませていた。先生たちの間では「外れ者同士」とあだ名がつけられ、しまいには二人とも疎まれるようになった。

あるとき、霧島のピアノに惚れ込んだ音楽教師がコンクールに出てはどうかと提案したことがきっかけで、霧島は毎日、学校に通うようになった。その陰にはマリーの存在もあった。

二人がいつどうやって知り合ったのかはマリーと霧島にしかわからない。同じ高校の生徒だった信夫が二人一緒にいるところを初めて見たのは、その日も日課だった図書室で、放課後自習をしていたときだ。塾の時間が近くなり、ノートや参考書を片付けている信夫の耳にピアノの音色が届いた。

（音楽室、まだ誰かいるのか？）

音色に誘われてドア越しに音楽室を覗くと、そこにはピアノを弾く霧島と、その姿をスケッチしているマリーがいた。二人の間には見た目にもわかるほど、慈しみと愛が見えた。信夫はなんとなく見てはいけないものを見てしまった気がして、その場をそっと離れた。

マリーと信夫はお互いの両親の仲が良く、家もそんなに離れてなかったこともあり、小さい頃はよく一緒に遊んでいた。

マリーが小学校に入学する前にマリーの父親が病気で亡くなり、母親はマリーと一緒に後追い自殺を図り、川に飛び込んだ。マリーは助かったが母親は亡くなった。親戚筋が誰もマリーを引き取りたがらず、施設で育つことになった。

そんなことを微塵も表に出さないマリーはいつも笑顔を絶やさず、信夫にとっては眩しい存在だった。本来ならマリーは高校に上がれないはずだったが、信夫の父親が学費を出すと言いだし、地域でも一番偏差値の低い高校に入れることになった。

その頃、信夫は勉強が苦手で、医師になる考えなど頭の隅にもなく、普通に卒業して就職すると決めていた。

高校生のある日、体育の時間にマリーが搬送されたことをきっかけに、マリーの心臓が弱いことを父親に聞かされ、医師になるために猛勉強を始めた。

「のぶちゃん先生はマリーのことが好きだったのかな？」

麻衣子は大夢に聞いた。

「のぶちゃんは否定してるけど、聞いてる僕からしたら初恋に聞こえたよ。それから……」

ある日、信夫が図書館に寄らず音楽室に行くと、霧島だけがピアノを弾いていた。信夫はそのとき初めて自分から霧島に声をかけてみた。

「いつもの田中さんは？」

「お前は？」

「ああ、僕は松下、てか、同じクラスだけど……」

「ガリ勉くんか。君、マリーと幼なじみだろ」

「うん」

「マリーの話に出てくるよ。医者目指してるんだってな。凄いな」

「そんな、凄くないよ。勉強始めたのだって最近さ」

「目指すことがあるのは凄いさ。俺も目標ができたんだ」

「……何を目指すんだ」

「世界的なピアニスト。そしてマリーと結婚する」

夕日が差し込む音楽室。ピアノの前で両手を挙げて臆せず言う霧島の姿は、大きな翼を広げた大天使のようだった。その姿に信夫は見惚れて、霧島達夫がどういう男か知りたいと強く思うようになり、ときどき声をかけ、信夫に心を開くようになった霧島が、実は嫌いな先生の教科は文句を言われたくないから好成績であること、子供のころから英才教育のおかげで英会話が得意なこと、両親に反発していることを知る。こうして徐々に二人は交流を深めて親友になっていく。

いつも霧島とマリーは一緒にいた。ひやかしたりからかったりする同級生もいたが、いつも霧島がマリーを守っていた。学生音楽コンクールで霧島の入賞が決まると、今まで劣等生扱いしていた先生たちの態度まで変わっていった。

霧島は順調に認められ、高校卒業と同時にウイーン留学というチャンスを得た。マリーを残していくことを心配して尻込みする霧島の背中を、当のマリーが後押しした。「マリーのことを頼む」と信夫に言い残し、霧島はウイーンへ発った。

ところが一年ほどして霧島の体に病気が見つかり、治療に専念するため日本に帰国した。進行性の胃がんだった。

その頃の信夫は医大にストレートで合格し、さらに勉強に明け暮れる日々だった。マリーは信夫の家の近くに小さなアパートを借りて、アルバイトで生活しながら、霧島の帰国を待っていた。何度か自分のアパートでボヤを出してからは、信夫の両親の好意で夕食を共にするようになった。

帰国の知らせを聞くなり、マリーと信夫は霧島に会いに行った。霧島の顔を見た信夫の目に「死」の一文字が過った。その後、幾度か手術を受け、成人式も過ぎて、回復の兆しを見せ始めた頃、霧島は海外留学を完全に中止してマリーと一緒に暮らし始め、結婚式は、信夫と信夫の両親、親しい知人など参加して、ささやかに行われた。世間体を重んじる霧島の両親は、マリーが施設で育ち、知的障害があり、社会生活が難しいことなどを理由に反対して参列しなかった。その後、霧島の両親とマリーが会ったのは、霧島の葬式でだった。

霧島達夫の名は音楽界で知れ渡っており、初のリサイタルが話題になり、一般層にもその名が広まった。リサイタル以外にも、依頼があればどこにでも出かけていき、ギャラに関係なく演奏に出向いた……その傍らで作曲も始めた。

そして二十一歳になった頃、マリーは大夢を妊娠。霧島もマリーも大喜びしたが、信夫の父は医師として、マリーの心臓や知能的なことを考えると諸手を挙げて喜べなかったらしい。

ところが、霧島とマリーはそんなことは大した問題ではないと、いつも明るく過ごしていた。そして臨月を迎え、大夢は無事に生まれたが、出血多量によりマリーは意識不明になった。

「そのときも意識が戻らなかったんだ……」

「のぶちゃんはそう言ってた。一週間ほど眠ってたって」

「そうなんだ。何がきっかけで意識が戻ったの？」

「うん。父さんがね」


霧島は広めの個室にマリーを移し、ピアノを持ち込み、毎日マリーに聴かせていた。ピアノを聴きに来る患者や見舞客も多かったという。一週間目の朝、マリーは目覚め、無事退院した。

その後は、霧島がピアノを弾き、傍らには大夢を膝に乗せたマリーがいるという穏やかな日々が過ぎた。

ある日、霧島は血を吐いて倒れ、半年後、眠るように亡くなった。


麻衣子はまた涙ぐんでいた。

「マイちゃん、どうしたの？」

「だって、とても愛し合ってるのに、生きてさえいたら会えるけど、亡くなるともう会いたくても会えないでしょ？」

「そんなことはないよ。僕もいるし、思い出の詰まったピアノも残してくれた。僕ね、マリーがあんな感じでしょ？　そのおかげで幸せなんだ」

「そうか。大夢さん、幸せなんだ。……でもこんなこと言うと失礼になるかもしれないけど、マリー、子育てちゃんとしてるから頭悪くないよ」

「あー、そこはちょっと違うんだ。そのうち話すよ。遅くなったから、送っていく」

麻衣子はこのまま大夢のそばにいたいと言いたかったが、黙って帰ることにした。

時間は夜の十一時。久しぶりに父親の話をした。大夢は静かに聞いてくれる麻衣子に感謝した。駅に向かう途中、大夢は思い切って麻衣子にキスをする。麻衣子は心臓の音が大夢に聞こえるのではないかと思うほどドキドキしていた。

## 洋館のグランドピアノ

事情聴取の後、渉は自分のアパートの部屋に戻り、明かりもつけずにただじっと息をひそめていた。事情聴取は仕方なく応じたが、誰にも会いたくない、声も聞きたくない、マイからの着信も気づいていたが出たくない、様々な感情が脳内の思考をぐちゃぐちゃにしている。そして、ナイフを手にしたリカの姿と、刺されたマリーが救急車で運ばれていくのを見て、急に自分が恐ろしくなった。リカを追いつめてあんな行動をさせたのは自分なんだろう、と。

これまで自暴自棄になって自分を傷つけてきたつもりが、他人を傷つけ、全く関係ないマリーを傷つけてしまった。因果応報というのは本当にあるらしい……。渉は家にある酒を全部飲み干しても酔えず、このまま何もせずに朽ちてしまえたらどんなに楽だろうかと暗闇の中でもがいていた。

どのくらい時間が経ったのかわからない。いつの間に眠ってしまっていたのか、気がつくと一晩明けていた。

喉が渇いていた。酒の飲みすぎだ。台所の蛇口に直接口をつけ、ガブガブと水を飲んだ。

(はは。朽ちてしまえればいいと願っているのに、喉が渇いて水を飲むなんて、矛盾してるよな)

そのままシンクに頭を突っ込み、水をかぶった。

昨日の騒ぎに紛れて仕事を放り出し、携帯電話も鳴らなくなったから、きっと呆れられたな……。

マリーはどうなっただろう。生きているのか？　まさか！　それ以上のことは考えたくなかった。現実を見たくはないが、震える手で携帯電話を手にし、画面ロックを解除しようとタップするが反応がない。充電が切れていたのか……。どうりで音がしないはずだな。充電器を差してしばらくすると、不在着信の知らせが何件も入っていた。メールも届いており、会社からはとにかく連絡するようにと、麻衣子からはマリーは一応無事だと知らせていた。

一応？　どういうことだ一応って。気になるが病院にも仕事にも行けない、行きたくない。このまま逃げ出したいと部屋の中をウロウロしていると、ドアポストに何か挟まっていることに気づいた。抜き出してみると、それはA４サイズの茶封筒で、裏には「Mary」という文字とマリーに似せたキャラクターのようなイラストが描いてある。茶封筒を開けると、少し小さめの茶封筒が入っており、ゆっくりと出して見ると真ん中あたりに、

〈松田駅から持田線に乗って園田駅で降りる。降りたら次の封筒を開けて〉

と、初めて漢字を書く子供が書いたような文字で書いてあり、それはマリーがいつもクビからさげているメモ帳に書いてある文字と同じだった。

「そういえば、マリーがびっくりすることがどうのこうのって……。次の封筒は、書いてある場所に着いてから開けろってことか。これはマリーからのメッセージだ!!」


涉は財布と茶封筒だけ持って部屋を飛び出した。松田駅は涉の部屋の最寄り駅ですぐ近くにある。時間は午後の二時過ぎ。ちょうど着いた電車に飛び乗った。

園田駅で降りると、次の茶封筒を開けた。

〈駅を出たら左へ少し歩いたところにバス停がある。山田行きに乗って田所っていう停留所で降りる。降りたら次の封筒を開けて〉

と、最初の封筒と同じような文字で書いてあり、さらに少し小さめの茶封筒が入っていた。

「なんだよこれ。なんかのゲームかよ。全部開けてしまおうかな……。いや、やめておこう。何か意味があるのかもしれない」


涉は少し苦笑いしながら書いてある通りに左へ進み、山田行きのバスに乗った。バスに揺られながら周りの景色を見ると、右側は田畑が広がっていて、左側は桜並木が続き、見る人すべてを虜にしている。

四十分ほど乗っていると停留所「田所」が見えたので、慌てて降りた。次の茶封筒を開けると、またさらに小さめの茶封筒が入っていた。

〈桜の木を正面にして右へ真っすぐ行くと左手に細い道がある。細い道を真っすぐ歩いたら古い洋館がある。着いたら次の封筒を開けて〉とやはり同じ文字で書いてあり、また小さめの茶封筒が入っていた。

「なんだよ。マトリョーシカかこれは」

再び今開けた茶封筒をよく見ると、

「あなたはここで、マトリョーシカか、と言っている」

と続きが書いてあった。完全に俺のこと読んでやがる。少し悔しい気もしたが、書いてある通りに進むと左に小道があり、十分ほど歩くと古びた洋館、見ようによってはお化け屋敷のような家があった。時刻は夕方四時半を回っていた。次の封筒を開けると鍵と楽譜が入っている。

「鍵だ？　これは……」

得体の知れない家に入るのはためらわれ、しばし立ち尽くした渉だが、意を決してお化け屋敷のような一軒家に入ることを決めた。

（びっくりすることって言ってたもんな……考えたら、生きることに逃げてたんだ。お化けなんて怖くないさ）

と自分を勇気づけ、門扉を潜り抜けて三段ほどの階段を上がり、ドアをコンコンとノックするが反応なし。もう一度ノックするがやはり反応がない。ドアノブを回すとカチャッと開いた。

六帖ほどの広い玄関、おそらく大理石であろう石畳はあちこちに亀裂が入っている。そのまま上がると床は石畳から絨毯になり、家具は一切置かれていなかった。左側は暖炉があり、マントルピースに置かれた鉛筆画は渉とよく似ている。見上げると天井はアーチ型で半分ガラス張りになっており、夕日が程よく差し込んでいた。

「お待ちしてましたよ。ピアニスト響渉さん」

ハッとして視線を正面に向けると、大夢が立っている。渉は一瞬パニックを起こしそうになった。なぜ大夢が……それよりここはなんだ？　夕日を見てしまったためか視界が悪くなり瞬きを繰り返していると、部屋の奥のひな壇とその中心に置かれたグランドピアノが見えてきた。そのピアノの前に大夢は立っていたのだ。

「きっとここに来ると思ってました。数日前から準備して……本当はここにはマリーが来る予定だったんですが……これのチューニングは終わっています。好きなだけ弾いてください。マリーの伝言です。あなたの手はピアノを弾きたがっているそうですよ」

「ちょっと待ってくれ、どういうことだよ」

「ここの鍵は置いておきます。あ、封筒の鍵はこのピアノの鍵でマリーのものです。このピアノは霧島達夫のものです。他に何もありませんが、隣の部屋の冷蔵庫に水と簡単な食事は入ってます。

それと……夜は冷え込んでくると思うので暖房入れてます。あの鉛筆画はマリーが描いたあなたです。まだ途中ですが、田村画廊の協力で額縁をつけてもらいました。あなたのピアノを聴いてから色を入れるそうですよ」

グランドピアノの周りを歩き回りながら大夢は続けて言った。

「このピアノは僕の父である霧島達夫のものです。生前、父はこの家でマリーと住んでいました。やがて僕が生まれて三人になりました。ここで、このピアノで、霧島達夫が最後に作った幻と呼ばれる曲が生まれました。あなたが今手にしている楽譜です。広く知られているのはアレンジされたもので、これが原曲です。なぜ、アレンジされたものと原曲があるかというと、父が死んでから、マリーは父の親族から死後離婚させられました。それを予期した父が、原曲はマリーに手渡し、それをアレンジしたものと、二曲作ったんです。父の親族にすべての権利を奪われないように……。僕は、その親族に引き取られそうになりましたが、信夫先生のお父さんが力になってくれて、姓だけ父と同じに。

……ああ、母は無事ですよ、意識が戻らないだけで。眠り姫のように眠っています……フフ……。さっきから僕ばかり話してますが……何か質問は？」

「いや、その、びっくりするってこのことか？　それともマリーが母で、父が、あーもうなんだよ、訳がわからん!!」

髪をクシャクシャかきむしりながら渉は頭を振った。

「そうですよ」

大夢はにっこり笑っている。渉は訳がわからないまま立ちつくし、

「俺はどうすればいい……」

困惑し声を絞り出すようにつぶやいた。

大夢はひな壇から飛び下り、スタスタと渉の横を歩きながら、

「マリーが言うには……あなたはまず、自分を許すことから始めてください。また様子を見に来ますが、出て行くのもここにいるのもあなたの自由です。あなたのすることを咎める人は誰もいません。あなたは自由です。自由なんですよ。あ、そうそう、母は星ヶ丘記念病院にいます。では」

バタンとドアが閉まる。静寂が部屋に満ち、日が沈んでいく……。

渉は頭を抱え込むようにして、火の点らない暖炉の前に座っていた。横を向けばピアノがある。ピアノがある。しかも憧れて何度も聴いていた霧島達夫のグランドピアノがある。

渉はこれまでのことを走馬灯のように振り返る。

渉がピアノを始めたきっかけは霧島だった。母親は料理の講師、父親は会社経営者で、いわゆる「ボンボン」育ち。渉はほとんど家政婦に育ててもらったようなもの。両親はいつも帰りが遅い。

幼い子供の寂しい心を埋めるために、家政婦が霧島達夫のピアノ曲を渉に聴かせていたことが始まり。小学校入学時に両親に初めて「おねだり」をしたのが「ピアノ」と「ピアノを習いたい」だった。

両親はグランドピアノを買い与え、ピアノの先生を雇った。この頃から、渉にとって両親の存在は「何でも買ってくれる人」になったのだろう。中学生の頃、男子の間で「万引き」が流行り、仲間に入るよう誘われたものの、渉には言えば「何でも買ってくれる人」がいるし、盗る必要も楽しさもわからない。それよりも、霧島達夫のようなピアニストになりたいという願望が大きかった。

高校に上がる頃に、両親がそれぞれに恋人を作り離婚。渉の親権は父親に渡ったが、恋人に夢中な父親は渉にマンションを与え、一人暮らしをさせた。ピアノさえあれば他は何もいらないとさえ思っていたが、麻衣子と麻衣子の母親が気にかけてくれて頻繁に訪ねてきていた。

高校に入るとより一層ピアノに集中し、コンクールに出るようになってから少しずつ注目を集めるようになる。その頃の渉は、父親に与えられたマンションを出て、早く自立することばかり考えながらひたすらピアノを弾いていた。

部屋は静かすぎるほど静かだ。というより、この土地が静かなところなのだ。二十時を回ってあたりは真っ暗になった。田舎の方にしかいないような虫の声と獣の声がする。来るときはお化け屋敷のイメージだったこの一軒家を、この暗がりの中で外から見たらどんな感じだろうと思いつき、外へ出た。まだピアノに触れることを決意できず、一度離れたかった。

外に出ると星空が広がり、サラサラと吹く風に乗って桜の花びらが舞い散り、橙色の明かりが灯ったこの屋敷が何とも言えないノスタルジックな雰囲気をかもし出している。

「綺麗だ。霧島達夫もこの星空を見たのだろうか？」

一時間ほど外に寝転がり星空を眺めてから部屋へ戻り、冷蔵庫にあるペットボトルの水を飲んで深呼吸をした。ブルッと身震いしたが、寒さからかメンタル的になのかわからない。茶封筒を取り、中の楽譜をじっくり読んだ。

「この曲は……」

忘れもしない。渉が全日本ピアノコンクールで優勝したときの曲だった。

「原曲はこんな感じだったんだ。意外と短い曲なんだな……」

楽譜をめくりながら、右手の指がピクピク動いている。渉は無意識にグランドピアノに向かい、鍵を差し込んだ。年季の入った蓋はひどく重たく感じた。鍵盤を撫でる。ポロンポロンといい響きのするピアノ。椅子に座り、渉は二年振りにピアノを弾き始めた。

渉は全日本で優勝し、霧島達夫の再来ともてはやされて名声を得たが、プレッシャーからか二十五歳頃からスランプに陥り、うまくピアノが弾けなくなる。世間から遠ざかったところでバイク事故を起こし、ひどいバッシングを受けた。そのときのケガがもとで右手小指が動きにくくなったが、世間では都合のいい言い訳ができてよかったな、などと心ないことを言う人もいた。

渉は無心で弾いた。誰のためでもなく弾きたいから弾く。ピアノを弾くことが好きだから。こんな簡単なことに、なぜ今まで気づけなかったんだろう。でもどうでもいい。今は、この時間に包まれたい。この優しい曲に包まれたい。空虚な心の中に、朝日が差し込むかのような温かさが広がり埋め尽くしていく。

この静寂の夜の中、あたりいっぱいに、渉が弾くピアノの音色が鳴り響いていた。

スマホにセットしたアラーム音が鳴る。大夢は目を閉じたまま手で探り、枕元にあるスマホを見つけると片目だけ開けて時間を見る。〈AM6:00アラーム〉と表示があり、画面の中心の〈×〉をタッチして音を止め、布団の中で手足を伸ばす。ガバッと起きると洗面所に行き、顔を洗うついでに髪を濡らし、寝ぐせを取ってから着替え、いつもはエプロンをつけて台所に立つのだが、この日は違った。

昨日、母親のマリーがナイフで刺され、大怪我をして病院へ救急車で運ばれて入院してしまう。緊急手術だの輸血だの意識不明だの、色々なことが一度に起こりすぎて困惑したが、冷静でいられたのは麻衣子のおかげだ。皮肉にもマリーが怪我をしたことがきっかけで思いが通じ、恋人になった。

インスタントコーヒーを入れて飲みながら、昨日を振りかえっていると再びスマホのアラーム音が鳴り、リマインダーで〈霧島ハウス。ピアノ調整〉と表示された。

マリーに頼まれた仕事だけれども、どうしたものか……と思いながらも、昨日準備した荷物と仕事道具を持って自宅を出た。まずはマリーが入院している星ヶ丘記念病院だ。

病院に着くと、ＩＣＵの前の長椅子に、マリーの幼馴染で主治医の信夫が先に来て座っていた。

「のぶちゃん、おはよ。早く来たんだね」

「ああ、どうしても気になってな。さっき大村先生が朝の診察に入ったのが見えたから、今の状況が聞けると思う」

と、信夫が言ってる間にＩＣＵの扉がスーッと開き、大村医師が出てきた。

「おはようございます。松下先生、と息子さんの……」

「大きな夢と書いてひろむ。ひろむと言います」

「ああ、大夢君。お母さんね、まだ意識が戻らないんだ。楽観はできないが安定してきているよ」

「大村、いや大村先生、もうしばらくＩＣＵに？」

「松下先生、ほんとに大村でいいですよ。そうですね、もうしばらくＩＣＵで様子見て、呼吸もすべて落ち着いてきたら一般に移しましょう。うちのスタッフは優秀ですし、何かあればすぐにお二人に連絡します」

さわやかな笑顔で大村医師は言った。ここにいてもガラス越しに見るだけで、何もできないことが大夢も信夫もわかっているので、二人は一緒に病院を後にした。信夫は自分の医院に戻り、大夢は『霧島ハウス』に向かう。

マリーは心臓が弱く、いつかいなくなってしまうと覚悟はしていたが、何かしていないと落ち着かない。どんなときも前向きなマリーを思うと悲しんでなんかいられないと強く大夢は思っている。

向かう途中でスマホの電源を切っていたことを思い出し、電源を入れると、不在着信が警察から来ていた。警察にはマリーが事情聴取できない状態だと伝えた。

ふと、麻衣子の声が聞きたくなった……。

別れ際にキスをしたときの唇の感触を思い出しながらもう一度触れたいと大夢は思った。

呼び出し音を緊張しながら聞いていると、麻衣子が電話に出た。

「もしもし？」

「マイちゃん？　大夢だけど、おはよう。昨日は……ありがと。い、今、マリーの病院に行って、出てきたところなんだよ」

「大夢さん、おはよ。こちらこそ、ありがと。あの、マリーの様子は?」

「うん、一応大丈夫なんだけど意識はまだ戻らないんだ。もうしばらくＩＣＵで様子見るんだって」

「そう。一応良かった、でいいのかな?」

「うん。大丈夫だよ。マリーは体も頭も弱いけど案外丈夫にできてるよ。母は強しって言うでしょ?」

「そうね。大夢さん、あの、今日は何してる?　いや、何か予定あります?」

麻衣子は昨日のキスが頭から離れず眠れないまま朝を迎えていた。

「今日はね、今から『霧島ハウス』というところに、マリーが三日前から計画立てていたことを実行しに行くんだよ。あ、マイちゃん、もし時間あるなら、君も行く?　少し遠い所だけど」

「はい。行きます!!」

大夢と麻衣子は待ち合わせて山田行きのバスに乗っている。目的地の停留所『田所』まで四十分から五十分ほどかかる。バスの中では左の窓側に麻衣子が座り、通路側に大夢が座る。左側に見える桜並木を麻衣子はスマホを取り出して写真に撮り、大夢はその様子を笑みを浮かべながら見つめている。

「大夢さん、とても綺麗な景色ね。今から行く『霧島ハウス』って何があるの？」

「着いてからのお楽しみだよ、ってほどでもないけど、僕が生まれてから一年ほど、マリーときりたっちゃんと僕の三人で住んだ家なんだ。そこにグランドピアノが置いてある」

「生まれ故郷？」

「う〜ん、故郷ってほど思い出があるわけではないけど」

左は満開の桜並木、右は田畑が広がる。時間は穏やかに流れ、夕べ眠れなかった麻衣子は睡魔に誘われてウトウト居眠りを始め、それを見た大夢は眠った麻衣子の肩を抱き寄せた。

「次は、たどころ、たどころに停まります。お降りの方はボタン……」

アナウンスの声でハッと目が覚めた麻衣子は慌てて周りを見回し、大夢と目が合った。

「大夢さん、あ、たし、寝てた……。ごめんなさい」

「謝らなくてもいいよ。かわいいよ」

「わー恥ずかしい、私」

顔を真っ赤に染め、目元や口元をハンカチで押さえて、前髪を綺麗に揃える女の子らしい仕草が大夢にはとても新鮮に思えた。今までマリーと一緒に行動していたから、マリー以外の女性と電車やバスに乗るのも久しぶりな大夢は、麻衣子の振る舞い一つ一つに不安がかき消され、嬉しい気持ちにさせる。


バスを降り、少し歩くと左に小道があり、その小道を十分ほど歩くと『霧島ハウス』が見えてくる。元は白かったであろう門扉は、塗装が所々剥げて古さはあるものの鍵はかかるし錆びてるような音もしない。三段ほどある階段を上がり、大夢は鞄から鍵を取り出し、観音開きのドアの鍵を開けて中に入る。土足のまま部屋に上がる大夢の後に麻衣子が続いて入った。スマホの時計を見ると十二時半。

大夢は部屋の窓を開けながら、

「適当に座って。って言っても家具も何もないんだけど。あ、ちょっと待ってて」

大夢は台所らしき部屋に入って行った。麻衣子は部屋をゆっくり見回した。家具はないが、その分空間が広々として暖炉があり、使われてはいないがおしゃれな調度品を思わせる。天井が高く、一番高い所はアーチのように丸く半円形で、半分がガラスになっていて、優しく太陽の光が差し込んでいる。正面にはひな壇、中心にグランドピアノが置かれ、その後ろはテラスになっていて、一面がガラスで、左右に出入りできるようにドアが付いている。

「おまたせ～」

と言いながら、大夢は木箱と古いテーブルクロスのような大きな布を持ってきた。

「家具は今のマンションに引っ越した時に持っていったから、椅子もテーブルも何もないんだけど、これ椅子のかわりにしよう」

「ありがとう。大夢さん。それにしても素敵なところね。静かで景色が良くて」

家具がないからか、麻衣子の声も大夢の声もエコーがかかって家全体に通る。

「ここはね、父が死ぬまで生活していた場所だよ。僕が生まれて、父の病気が再発して、マリーと僕と三人で静かに暮らすためにね。そうそう、部屋は、あの台所以外には中二階に二部屋あって、一つを寝室として使ってたんだって。この場所で、父は月に一度リサイタルを開いて、この地域の人たちに無償でピアノを弾いて聴かせてたらしいよ」

「ここで？　あのグランドピアノがそう？」

「そう」

「マンションにあるピアノは？」

「あれね、父が幼稚園とか学校とかから依頼されたときに持ち込んでいたピアノなんだよ」

「じゃ、ピアノが二つ？」

「うん。父が僕とマリーに残してくれたんだ。この家と曲と一緒に。ここへは毎週、マリーと風通したり、庭の草刈りしたり、部屋の掃除とかに通ってたんだ」

「毎週？　ここまで通ってたの？」

「たまにのぶちゃんが自家用車出してくれたりするけどね」

「これだけ景色がいいと、通い甲斐があるわね」

「あ、お腹空いたでしょ。何か食べるもの買ってくるから、この辺散策してて」

「私も一緒に行くわ」

「いや、いいんだ。自転車一台しかないし」

「そう？　お店は遠い？」

「ん〜自転車で十分くらいの所にコンビニがあるんだよ。何か食べたいのある？」

「なんでも食べます」

「じゃ、行ってくる」

大夢はテラスに出て自転車を持ってくると、麻衣子の前でニッコリ頷いて家を出た。大夢が出ていくと、それほど大きくはない家でも広々と感じる。麻衣子はグランドピアノの所へ行き、開けようとするが鍵がかけられていて開かなかった。


テラスへ出てみると『楽園』という言葉が浮かんでくるほど美しい林が広がり、隙間に射し込む日差しの様子や澄んだ空気、どこからともなく風に乗って桜の花びらが舞い散る様子が、今にも天使が降りてきそうな雰囲気を醸し出している。ここでピアノの曲が聴こえてこようものなら、まさに楽園ではなかろうか……。麻衣子はしばらく風に当たりながら眺め、今度はテラスから右回りに家の周りを散策し始めた。じっくり見ると家の外壁はひび割れて、所々ガラスの代わりに板が張られているのを見ると、

（こりゃ修理が必要なんじゃ……。誰も住んでなくてこんだけボロいと、勝手に人が入っ

てくるかもしれないし……）

壁や窓を見ながら麻衣子は思った。

玄関の前を通り過ぎて反対側を見に出ると、小さな庭に芝生が綺麗に刈られた状態で敷かれている。

（ここは綺麗に整地されてるんだ……あれ？）

芝生の先に小さな小屋があった。

（あの小屋なんだろう？　物置小屋かな？）

好奇心にかられて麻衣子が小屋を見にいくと、十帖ほどの小屋でかなり傷んでいる。屋根は角のところに穴が開いていて、雨水が入るのか、中はカビが生えたように白くなっていて、窓はしっかりしているがガラスはない。マリーの絵の道具の物置として使ってしたのか、アトリエかわからないが、小屋の中は古いイーゼルや汚れたキャンバスが散乱している。

麻衣子は中に入るのをやめ、芝生に寝っ転がった。朝露が乾きかけているのか、背中がヒンヤリ気持ちよく、そよそよと体に当たる風が心地よく、麻衣子はまたウトウトし始めた。

大夢がコンビニに着いたのが十三時。コンビニの時計を見ながら、独りごちる。

「渉さん、来るかな～。昨日あんなことがあった後だもんな。でもマリーは、何があっても必ず来るって根拠のない自信で言ってたもんな。どこから来るのか、あの自信は……」

三日前。突然マリーが、

「ひろむちゃん、じ、おしえて」

「字？　文字？」

「うん。文字。わたるちゃんおどろかすの。きりたっちゃんのピアノひかすの」

「あのハウスのピアノ？　渉さんと一緒に行けばいいじゃない」

「いっしょに行かない。おてがみに行くじゅんばん書くから。じぶんで行ってもらう。まりーとひろむちゃんは先に行って待ってるの。で、きりたっちゃんの曲ひかす。あれ、ほら。あらようじ」

「あらようじ？　ああ。荒療治ね」

大夢はマリーが言うままに文字を書いて見せ、それを丁寧に真似て茶封筒に書き移すマリーに聞いてみた。

「マリーさ、渉さんのこと、好き?」

「好き。大好き」

「マリー、好きって、恥ずかしげもなく言うんだね」

「ひろむちゃん。まちがえてはいけないよ。ひとを好きになることは、はずかしいことじゃないよ。だから、好きなひとには、ちゃんと好きって言うんだよ」

「……もし、好きって言っても、好きじゃないって言われたときは?」

「きらい?って聞く。きらいじゃなかったら、ともだちになれる。きらいって言われたら近づかない。いやがることは、してはいけません」

マリーは時々、母親らしいことを言う。しかもシンプルに優しくわかり易く。

水とお茶とコーヒー、おにぎり数個にサンドイッチや菓子パンなどを購入し、コンビニを出ると急いで自転車を漕いで、霧島ハウスに戻っていく。

都心から二時間半ほど離れた小さな町の風景は、時代から置いていかれたような景色で、普段、人混みが多い中で生活している者には貴重な場所だ。コンビニも大夢が買い物をした所だけ。住民は農家が多くて移動は車。マリーも大夢も顔見知りで、バスに乗り損なった時には、車が通れば必ず声をかけてくれて駅まで送ってくれたり、冬の寒い時季には家に泊めてくれたりする。ある住民に車で送ってもらったときに、大夢が「この町の人はみんな優しいですね」と言うと、

「そりゃ、マリーが優しいから、みんな優しくなるでよ」

と返ってくる言葉に、大夢はマリーの偉大さを感じた。

霧島ハウスの玄関を自転車ごと入って行き、

「ただいまー」

と声かけるが麻衣子の姿がない。

「マイちゃーん」

大夢の声だけが響く。大夢は玄関内に自転車を停め、台所やピアノの後ろを見て回り、テラスへ出て左に行くと、芝生の真ん中で麻衣子が横たわっていた。大夢はホッとして歩

み寄り、

「マイちゃん、こんなところで寝ると風邪ひくよ」

と声かけるが、スースー寝息が聞こえ熟睡しているようだった。大夢は起こすのは可哀そうだと思い、優しく抱き上げてテラスから入り、グランドピアノから離れた絨毯の所に寝かせてクロスをかけ、自分の鞄から道具や硬いものを出して麻衣子の枕の代わりにした。

そして、グランドピアノの鍵を開け、調律を行う。

渉の演奏をネットで探し、どんなふうに奏でるかを聞いてイメージしながら調整をする。

麻衣子は音叉の音で目が覚めた。目を開けて、見たことのない天井に驚いて頭を起こすと、大夢が真剣な顔でピアノに集中しているのが見えた。

(そうだ、霧島ハウスに来てたんだった……)

麻衣子はそっと起きて、クロスをたたんで静かに様子を見ていると目が合い、大夢はニッコリ笑顔で言った。

「おはよ。起こしちゃった?」

「おはよ。大夢さんのニッコリ顔ってマリーにそっくりね。あ、私、庭で寝てた。もしかして運んでくれたの!?　重かったでしょ、ごめんなさい!!」

「大丈夫だよ。マイちゃん軽いよ……。もう少しで調整終わるから、あ、冷蔵庫にパンとか飲み物あるから食べてて。僕はさっき済ませたから」

「……ありがとう。あの、洗面所は使えるの？」

「うん。電気、水道、ガスは使えるよ。ちなみにお風呂も使える」

「ははは、ありがと。洗面所借りるね」

「どうぞ、ごゆっくり」

台所に入って麻衣子は気づいた。建物は古いし壊れそうだけど、綺麗に掃除して磨いてある。土足のまま上がっているのに、絨毯に寝てても埃っぽさはなかったし、シンクも綺麗だ。洗面台がシンクと反対側にあって、横が浴室。浴室もピカピカにしてあるのを見ると、マリーと大夢がこの家に愛着を持っていることがよくわかる。

「……とても大事にしてるんだね。霧島さんとの思い出」

麻衣子はトイレを済ませ、手を洗いうがいをして、冷蔵庫を開けてコーヒーとサンドイッチを取り出した。ほかにもコーヒーが数本とペットボトルの水やお茶、冷蔵庫の上にはカゴがあり、中に菓子パンとおにぎりが置いてある。

麻衣子は（けっこうたくさん買ったのかな。まさか、ここに泊まる？　待って、私何も用意してないし）と焦る気持ちと妄想の渦の中、麻衣子は台所を出て大夢に聞いた。

「大夢さん、パンとか飲み物たくさんあるんだけど……」

「ああ。あれはね、渉さんの分だよ。一応」

「響？　来るの？　ここに？」

「たぶんね。……三日前からマリーが計画立ててね」

大夢はマリーの計画を麻衣子に話した。

「大夢さん。響はマリーが刺されて病院に運ばれた時から連絡取れないんだよ」

「大丈夫だよ。今日の午前中指定でメール便を送ってるし。今日来るか明日来るかわからないけど、必ず来るってマリーは言ってた」

「大夢さん、私、響のことは子供の頃からよく知っているんだけどね、たぶん、マリーに惹かれてると思う。好きなんだと思うの。でも、マリーがあんなことになって、また責任感じて、ものすごく自分を責めてる気がするんだよね」

「また？」

「うん。前にバイク事故起こしたとき……。本当はね、赤信号で無理に突っ込んできた車をよけたところに歩道があって、歩いてた小学生をひっかけちゃったんだよね。小学生のケガは大したことなかったんだけど、額に傷が残るみたいで、女の子だったから親が大騒ぎしてさ。傷痕も髪でかくれるし、大人になったらメイクで隠せるし、医師も大人になったらわからなくなる程度だって言ってたらしいんだけど、真実を捻じ曲げて報道されて。私のお母さんが心配して毎日様子見に行って……。自殺しかねない感じだった。ひどい怪我したうえに、報道で心まで傷つけられて。響、自暴自棄になって、バイクに乗った自分が悪いんだって、だから、もしかしたら今回も」

「そうだったのか」

「うん。まぁ今回は岩瀬さんと関係があったらしいから、響にも責任はあったんだろうけど。あいつは何かにつけて昔から自分を責めるから」

「マリーは、渉さんの過去は問題じゃないと思ってるよ。マリーを見てるとね、いつも自由なんだ。できないことの方が多いのに、それを恥じることなく素直に認めて、人に力を借りて。でも、それを当たり前だと捉えずに感謝して、人に優しくして……。今日のことも渉さんに荒療治するんだって言ってた。それがマリーの優しさなんだ。大丈夫。信じて待つよ、僕」

「私、どうしようか。あいつ、身内の前だと妙に意地を張るというか、素直じゃないっていうか。私、いないほうがいいかも」

「もしかして渉さんって……」

「そう、お子ちゃまなところがあるの」

大夢も麻衣子も笑いだした。

「じゃあ、マイちゃん、せっかくこんな遠いところまで付き合ってもらったけど」

「私、どこかで、大夢さん待ってる。待ちたい」

麻衣子の言葉を聞いて、大夢は近づいて麻衣子の正面に立ち、手の甲で麻衣子の頬を優しく撫で、

「遅くなるかもだよ。バスも夜八時には終わるし。いいの？」

と言うと、麻衣子は黙って頷き、大夢は優しくキスをし、

「好きだよ。マイちゃん」

しばらく二人は抱き合った。

大夢の耳に、

「好きなひとには、ちゃんと好きっていうんだよ」と、マリーの声が聞こえた気がした。

門を出て十五分ほど歩くと昔ながらの喫茶店があり、そこで待つよう麻衣子に告げると大夢は渉が来るのを待った。時間は十五時半。もし午前中に届いたマリーからの茶封筒を渉が読んで向かっているとしたら、そろそろ来るはず……。大夢は調整が終わったピアノを軽く弾きならし、蓋を閉め、鍵をした。テラスに出て、外の風に当たりながら、

「春といっても夜は少し肌寒いかもな。暖房を入れとこう」

と部屋に戻り、エアコンを入れ、大夢は待った。

やがて、人の入ってくる気配を感じ、ドアを見ていると渉が入ってくる。

喫茶店で大夢を待つ麻衣子は、ホットコーヒーを頼み、この後の展開がどうなるか、妄想しながらドキドキしている。さっき交わしたキスの感触が唇に残っているうえに、抱きしめられた時の大夢のスラリとした腰回りや胸回りの触感、ほのかに漂うコロンの優しい香りがまとわりついていたからだ。スマホの時計が〈17:00〉を表示していた。カランカランと店のドアが開く音が聞こえ、見ると大夢が入ってきた。

「ママ、久しぶり」

「あら、大夢ちゃん、久しぶりって、こないだマリーとここで晩ごはん食べてたでしょ」

「そうだったね。マイちゃん、お待たせ」

「お疲れ様、大夢ちゃん」

「大夢ちゃんはやめてくれよ、マイちゃん」

「あれま、そのべっぴんさんはもしかして……。大夢ちゃんの彼女かいな?」

喫茶店のママ、久野田雅子(くのだまさこ)は聞いた。中年太りも気にせず、小さいサイズであろう赤いTシャツ、黒いジーンズ、髪は頭のてっぺんでお団子ヘア。「今は還暦でこんなだけど、昔は綺麗な八頭身美人だったのよ」が口癖だ。

「そうだよ、ママ。僕の彼女」

大夢の横で麻衣子が立ち上がり、ペコリとお辞儀をする。

「まぁかわいい彼女だな~。マリーは? 一緒じゃないのかい?」

雅子はドアの方と大夢の方を交互に見ながら言った。

「マリーは昨日怪我して、入院してるんだ」

大夢はマリーに何が起きたのかを雅子に話す。

「マリーは、その人のことほっとけなかったんだろうね。昔から変わらんね。誰にでも分け隔てなく優しいとこ。祈るしか私はできんけど。でも何かあったら必ず連絡するんだよ。父ちゃんと車で、店閉めてでも行くからね」

雅子は目を潤ませながら一瞬下を向いて鼻をかみ、すぐに上げると聞いた。

「大夢ちゃん、何か食べるかい？」

「いや、遅くなるし、このまま帰るよ。代わりに明日、早くきてここでモーニング食べる」

「そうかい。なら、うちの父ちゃんもうすぐ戻ってくるから車で駅まで送ってもらいな。彼女と一緒に」

「ありがとう。ママ。バスより早いから助かるよ」

雅子の夫に園田駅まで送ってもらうと、時刻は十八時になっていた。バスだと一時間は余計にかかったなどと話しながら電車の時間を確認すると、出発まで二十分ほどある。近くに商店街のアーケードらしき屋根が見えるが、開いてる店は飲み屋が数軒程度。時々吹いてくる風に草の香りが混じっていてどこか懐かしさを覚え、大夢は慣れているが、麻衣子には新鮮な感じがしていた。

「来たよ。渉さん」

「え？　ほんと？」

麻衣子は驚いた。喫茶店に来た時から渉のことは何も言わなかったから、今日は来なかったんだと勝手に思い込んでいた。

「うん。十六時半過ぎに。猫が忍び込んでくるみたいに部屋に入ってきたよ」

「そう。私、いなくてよかったでしょ。私のこと見たら、色々言い訳して逃げ出してたかもしれない」


電車に乗る時間が近づき、ホームへ移動するとき、大夢はさりげなく指を絡ませるように手を繋いでくる。そしてホームに電車が来ると、聞いてきた。

「たぶん、家に着くのは九時くらいだろうな。どこかで食事しようか。でも、マイちゃん帰るの遅くなるね。大丈夫？」

「私、一人暮らしだし、明日も仕事休みだから」

「そう、じゃ、どこかで食事しよう」

「あの、大夢さんちでマリーの絵を観ながら食事したい。あ、でも疲れてるよね。作るの大変ね。ごめん。どこかお店にしよ」

「いいよ。僕、料理好きだし。じゃ、うち来る？」

「うん」

麻衣子は少しの緊張と嬉しさと照れくささが入り交じった気持ちでいた。マリーが意識不明で心配なのもあるが、大夢のそばにいたいという気持ちを抑えることができず、大夢が指を絡ませて手をつないできたとき、この手に抱かれたいと感じていたのだ。今までに付き合った男性とは何かが違うと感じるのは、マリーが影響しているのかもしれないと麻衣子は思った。


電車に揺られながら、麻衣子は大夢に尋ねた。

「ねえ、大夢さん、今度は私が聞いてもいい？」

「うん。いいよ」

「マリーのこと、お母さんて、なぜ呼ばないの？」

「……うん。父が死んでから、色々あってね。マリーがそばにいてくれたんだけど、物心ついた頃、マリーのことは『お母さん』って感じがしなかったし、そもそも『お母さん』の存在の意味がわからなくて……孤独感でいっぱいだったんだ」

笑顔で自分の生い立ちを話す大夢だった。

——二十七年前——

霧島が亡きあと二か月ほどして、霧島ハウスの近くに住む久野田雅子から信夫の自宅に、マリーの姿を見かけない、電話をかけても、家を訪ねても出ないと連絡があり、大学が休みで家にいた信夫が車で様子を見に行くと、マリーが大夢を抱えた状態で毛布にくるまって倒れていた。

「マリーー!!」と声をかけると、薄っすらと目を開け、

「ひ、ろむちゃ、おねつ、みず、のめ、たすけ」

と、息も絶え絶えに訴えた。慌てた信夫は、急いで病院へ連れて行かねばと、二人を担いで車に乗せ、駅前の病院まで車を走らせた。

幸い命に別状はなかったが、マリーは栄養失調で、大夢は風邪をこじらせて肺炎になり

かけていて、数日の入院が必要だと診断された。

入院に必要な物を取りに霧島ハウスに戻った信夫は、胸が痛んだ。散らかった部屋。大夢のミルク缶はたくさんあるが、空っぽの冷蔵庫……。お金がないわけではない。冷蔵庫の上に置いてある財布を見ると、生活に必要なお金は入っている。金木犀の花の香りが漂う季節。うすら寒い中、マリーは風邪気味の大夢の体調を思い、いつもなら一緒に行く買い物に行けなかったのではないか。

「何が医者になるだ。俺は失格だ。霧島、すまん」

グランドピアノの上に飾ってある霧島達夫の遺影に向かって、信夫はつぶやく。

一週間前、マリーと大夢に会いに訪れたときには、少しやつれた印象はあったものの、いつもの笑顔で大夢をあやしていた。信夫は、医師になるための勉強が忙しいからと早々に帰ってしまったが、そのとき、気づくべきだった、配慮が足りないと自分を責めた。

そして、遺影を見つめながら、二人のことを真剣に考える。このままでは、また同じことを繰り返すかもしれない。信夫の家には、二人を引き取れない事情がある。二年前に信夫の母親が病に倒れて帰らぬ人となり、父親は医院と往診とで、二人を世話をする時間がとれない。どうしたものかと考え込んでいると、ふと、マリーと霧島の結婚式を思い出し、マリーが育った施設の園長先生が祝いに来てくれていたことを思い出した。

「そうだ……園長先生の所なら、ここからは遠いけど、俺の所からなら、そんなに離れてはいない。霧島、お前が思い出させてくれたのか。生前、言ってたもんな。死んでも、マリーと大夢は守るって。やっぱ、すごいな、お前は」

遺影を見つめ、溢れ出そうになる涙を、親指で拭いた。部屋を見回し、散らかってる部屋の中から紙袋を見つけて、大夢のオムツやタオル、マリーの財布などを入れた。鍵を捜し出し、戸締りをして、霧島ハウスを後にした。

病院に戻ると、マリーも大夢も眠っているということだった。信夫は、明日また来るからという伝言を担当の看護師に預けて、家に帰った。


時間は夜の八時だった。往診から帰ってきた父親にマリーと大夢の様子を話し、園長先生のことを聞いた。信夫の父親は、貫禄のある大きな体で、童顔を隠すために口ヒゲを生やしていて、その口ヒゲをなぞりながら、

「信夫、マリーの気持ちはまだ聞いてないいんだろ？」

「ああ。だけど、このままでは」

「わかっているよ。私もその案には賛成だ。園長先生には、明日にでも話してみるが……マリーにも聞かないとな」

信夫は少しほっとした。さっきまで、先の見えないトンネルに入ったような気持ちだったが、父親が落ち着いた声で同意してくれるのを聞いて、安心したのだ。昔から、信夫の話に耳を傾け、マリーのことも尊重してくれる父親を尊敬し、「俺の父親がこの人で良かった」と思う信夫なのだ。そして、

「あのさ、当分、マリーと大夢が落ち着くまで、大学を休もうと思うんだ」

「ん？　どうしたんだ一体……大事な時じゃなかったのか？」

確かに信夫にとって、大事な時期である。医学部に入り、順調にいけば六年で医師国家試験を受験することができる。留年しないように必死だった。しかし……

「大事な時期だけどさ、もっと大事なものがあるんだよ」

「マリーと大夢か……？」

「それに、霧島達夫だよ。あいつは凄いよ」

「いい友達なんだな」

「ああ、自慢の親友さ」

信夫は、亡くなる前の霧島達夫のこと思い出していた。

新緑の眩い季節。霧島から、二人だけで話がしたいと連絡があり、霧島ハウスの近くにある公園に行った。

「霧島、どうした？」

「悪いな、時間割いてもらって、医大生」

「珍しい……いつもの俺様ぶりじゃないな」

「……。お前さ、昔、マリーに惚れてただろ」

「な、なに言いだすんだよ。二人で会いたいって、そんな話なのか？」

「悪い悪い。そうじゃないんだけど。確認しときたいんだよ。今後のために」

「確認？」

「そう。どうなんだ。正直に聞かせてくれ。頼むから」

「……。ん、うん。そりゃガキの頃は天真爛漫っていうのかな。何が楽しいのか、いつも笑っててさ、可愛いな好きだな、って思ってたことはあるけど、家族の感覚だな。同じ好きでも、ラブではない。でなけりゃ、お前らの結婚式に出るわけないだろ」

「そうか。家族か。安心した」

「霧島！　俺が横恋慕すると思ってたのか？」

「違う違う。言葉足らずで悪かった。預けたいものがあるんだ」

達夫は一通の封書を信夫に差し出した。

「俺が死んだら……」

「おい、待てよ、霧島、俺怒るぞ。何言いだすんだよ!!」

「頼む、聞いてくれ。俺の体のことは、俺自身が一番よくわかってる。残された時間がないことも……。お前にしか頼めない。俺は死んでもマリーと大夢を守りたいんだ」

信夫は涙が出そうになるのを必死で堪えた。堪えすぎて、言葉をかけようにも何も浮かばず、無言で霧島の顔を見ているしかなかった。

「松下……。入院中、マリーがいないときに、両親がきてくれたんだが、俺の両親はマリーを理解してくれない。理解しようともしないんだ。それどころか、俺が死んだら、マリーから何もかも取り上げてしまうだろう。家も、ピアノも、俺が作った曲も。今更なんだが、俺が親を大事にしてこなかった報いかもしれん。そんな親でも、俺には大事な親には違いない。もし、マリーから何もかも取り上げそうになったら、ここに書いてある通りにしてくれ……」

信夫は無言で封書を受け取った。少しの沈黙のあと、口が渇いていることに気づき、鞄に入っているペットボトルの水を一気に飲み干し、やっとの思いで声を絞り出した。

「今、見てもいいのか?」

「ああ、見てくれ」

それは、遺言だった。

「俺な、大夢が生まれてから親の気持ちがわかるようになった気がするんだ……。俺の親も最初はこんな気持ちだったのかって。大夢が教えてくれたんだ。すごいよな、子供って。生まれただけで色々学ばせてくれるんだぜ」

そう話す達夫の表情は病人とは思わせないほど輝いていた。信夫は溢れる涙を堪えきれず、無言で霧島を抱きしめた。

「お、おい、苦しいよ。人が見たら、俺たちできてるのかと思われるぞ……。松下、お前は本当に良い奴だ」

少し暑さを感じさせる風が吹く中で、達夫は笑っていた。信夫は声を押し殺して泣いた。声を抑えれば抑えるほど涙は流れ出た。紺色の分厚いトレーナーを着ていた霧島の体は思った以上に、肩から背中、腕や脚にいたるまで、かなりやせ細っていることが服の上からでもわかり、寝ていても辛く苦しい状態にありながらも笑顔を見せる霧島の姿が、信夫の心をさらに切なくさせる。

一頻り泣くと信夫は落ち着きを取り戻し、真顔で話す。

「こんな大事なもの……俺でいいのか？」

「マリーを家族と言ってくれるお前がいいんだ」

「そうか。俺は、まだ学生の身分だから、お前の親を納得させるだけの力量には不足しているかもしれない。俺の親父にも話して、公証人を立てたほうがいいと思うが、どうだ？たしか、親父のところに遊びにくる患者というか、友達がいるんだよ、公証人の」

「ほう、そういうことを思いつくところはさすがだな、ガリ勉君。……いい親父さんだな」

「ああ、自慢の親父だよ」

それから二人は、病気のことなどなかったように、高校時代の思い出や、十年後、二十年後の未来の話で盛り上がる。霧島が亡くなる三か月前のことだった。

信夫の父親が、マリーが育った施設『愛育桜学園』に電話をかけると、園長先生が出て、会って信夫の話を聞いてくれると言う。それを聞いて、「親父、ほんとにありがと」と言って、園に出かけた。後ろの方で、「手土産用意していけよーー」と父親の声がしたので、途中で和菓子店に立ち寄り、饅頭を買った。

愛育桜学園はカトリック系で、両親がいない子供や、虐待・育児放棄された子供、離婚により両親が引き取り拒否して親戚もいないというような、事情を抱えた子供が多く、乳幼児から中学生、高校生まで、ここで保護している。

ハイツのような建物で、一階の入り口は観音開きのガラスドアになっていて、室内履きに履き替えるための大きな靴箱が置いてあり、左側が事務室、トイレ。右側が相談室、一番奥が食堂、食堂の横に浴室。二階はすべて、子供たちと職員の部屋で、各部屋の角には、小さめの聖母マリア像が置かれている。そして、建物と同じくらいの広さの中庭を挟んで園長の住まいがあり、乳幼児はそこで育てられる。

園長の小川康子(おがわやすこ)は今年六十二歳を迎え、マリーの育ての親ともいえる。献身的なカトリックで、修道女の格好をし、子供たちからは『マザー』と呼ばれ、聖母のような微笑みで子供たちに慕われている。

「園長先生、この度はお時間いただきありがとうございます」

「信夫君、堅苦しい挨拶は抜きにしましょう」

「え、あ、はい。では、これは親父、いえ、父からです」

信夫は、修道女の格好をした人にはなじみがなく、その格好をした人は神様に近い存在ではないかという勝手な思い込みと、キラキラした瞳に見つめられると心の底を見透かされているような気がして、残暑も終わっているのに、額から背中から汗を滲ませるほど緊張していた。

「本当に、真面目な子ね。ありがたくいただきます」

「はい」

「ところで」

「はい。実はマリーと大夢、倒れまして、入院してまして、えーっと」

「うふふふ。そんなに緊張しなくても……あなたのお父様から事情は聞いています。大夢君は引き受けましょう」

「はい。ありがとうございます！」

「マリーは、うちでは引き受けられる体制がありませんので、近くにアパートを借りて、いつでも大夢君に会えるよう取り計らうしかありません」

「そうですか……」

信夫は心の底から喜べず、肩を落とした。

「大丈夫ですよ。信夫君。マリーは強い子です。マリーには私から話します。後のことは私にまかせて、あなたは大学に戻りなさいな。お医者様になるんでしょう？」

「え？」

「お医者様をめざしていることは、結婚式のときにマリーから、大学のことはお父様から聞きました。お父様、喜んでましたよ。『自分のことよりも人を優先するあいつはバカだけど、良い医者になるだろう』って『親バカですみません』って、笑ってました」

「……親父のやつ、何言いだすんだ」

信夫は、嬉しさと照れくさい気持ちとが入り交じって、緊張がほぐれた。

「なんかすみません。親父、親バカで」

「うふふふ。親バカの方がいいんですよ」

「でも、本当は、自分が安心したくて動いたのもあるんです。人を優先したわけでは……」

「信夫君、それでいいんですよ。まずは、自分が幸せを感じていなければ、人のことも幸せにできないし、自分を好きにならなければ、人からも好かれません。自分のことが嫌いなのに、人から好かれたいというのは矛盾しているというもの。……学園の子供たちは、みな事情を抱えています。だからこそ、私は『自分を愛しなさい。愛せば人から愛される。自分が変われば、周りも変わる』と教えています。愛されることがわかれば、自信がついて強くもなれます。マリーにも同じように教えました。その、マリーを見て、あなたが動いた。とても素敵なことです」

信夫は、訪れたときと違って、晴れやかな心持ちで学園を出た。人は愛し愛されることで心が満たされ、どんな環境であっても変えることができる。まずは、愛すること……。どこからともなく漂う金木犀の香りが、より一層、信夫の心が感傷的になるのを演出していた。

信夫は園長に言われた通り、大学を休むことなく、今まで以上に勉学に励んだ。園長は、退院が決まるまでに学園の近くに1Kのアパートを借り、マリーが住めるように準備をした。幾日か過ぎた頃、マリーと大夢の退院が決まり、大夢は愛育桜学園に預けられ、マリーは毎日、大夢に会いに行く生活が始まった。

大夢はすくすくと健やかに育ち、マリーはパートや内職の仕事をしながら、毎日、学園に来ては大夢に話しかけたり、一緒にハイハイして遊んだり、職員に教わりながらオムツを交換したり、マリーなりに母親をしていた。

言葉を覚えるようになると、大夢は「ママ」もしくは「お母さん」ではなくて「マリー」と呼ぶようになる。マリーはいつも自分のことを「マリー」と呼んでいたから、必然的に大夢も「マリー」と呼ぶようになってしまった。職員から何度か、

「大夢君の前では、お母さんとかママのほうがいいと思いますよ」と言われていたものの、マリーは自分が「お母さん」だということはわかっているが、大夢の前では口が勝手に「マリー」と言ってしまう。

ただ、園長には、マリーには母親の自覚があるのは見えていた。このまま自然の流れに任せてみようということになった。

時が経ち、大夢は大きくなるにつれ、自分の母親が、他の母親と少し違うと感じてきた。小学三年生の頃だった。学校の友達も増えてきて、一緒に遊ぶようになり、ある日、友達の家に初めて呼ばれてショックを受ける。

友達のお母さんがケーキを焼き、料理を作り、もてなしてくれるのを見て、マリーとの違いを目の当たりにし、自分の境遇が、学校の子とも学園の子とも違うと気づく。

そのうえ、マリーと一緒にスーパーに買い物に行ったり散歩をしたりしていると、周りの大人が遠巻きにして、好奇な目を向けひそひそ話していたり、ときには「いいわね。子育てを施設にしてもらえて」などと心無い言葉をかけたりしてくる人もいる。

なぜなのか、何が違うのか、考え込むようになって、誰とも口をきかなくなってしまった。

学園の子供たちの境遇は、子供同士の会話から様々な事情を耳にしていたのでなんとなくわかってきたが、マリーは近くに住んでいて、学校が終わる頃に会いに来て遊び、大夢が眠る時間になると帰っていく。学校の友達の親は、同じ家に住んで寝食を共にしている。自分にはお母さんがいるのに、なぜ一緒に住んでいないのか。違いは苛立ちに変わり、だんだん周りに八つ当たりをするようになった。

なだめても理由を聞いても、物を投げたり壁を叩いたり、職員たちは、大夢が何かしらの助けを必要としていることはわかるが、どうすればいいのかわからず、一方、マリーは、大夢に物を投げられても、無視されても、相変わらずの笑顔でマイペースに接していた。

大夢はそれが癇に障り、

「僕はマリーの遊ぶおもちゃじゃない！　マリーは僕のお母さんじゃない！」

と、怒りをぶつけてしまう。大夢もなぜこんなに腹立たしいのか、くやしいのか、悲しいのか、わからずに涙を流している。マリーは大夢に言われた言葉より、大夢が泣いてることの方がつらくなる。

「……ひろむちゃんはまりーと、きりたっちゃんの子ども。まりーがおかあさん。きりたっちゃんがおとうさん。きりたっちゃんは、天国っていうところで、まりーと、ひろむちゃんを見てるの」

「…………」

「ひろむちゃん、ごめんね。あたまが、わるいおかあさんで。わからなくて、ごめんなさい」

マリーはそれだけ言うと、背中を向けたまま泣いている大夢に、悲しい笑顔でニッコリとして、部屋を出た。職員たちは、二人にかけてあげる言葉がみつからず、このままでは、この二人がどうなるかわからないと、園長に相談するのだった。

「園長、どうしたらいいのか、どう声をかければいいのか、わかりませんでした」

「そう、わからない。言葉がでない。それが、『答え』なんです」

「え?」

「ふふふ、大夢君は少し早い反抗期ですね。これは、マリーが越えるための試されごと。そして大夢が越えるための試されごと」

「試されごと?　ですか」

「はい。神様が与えた試されごとです。神様は時として、本当に心から幸せを感じているか、テストする場合があります」

「テスト?」

「はい。つまり、これはマリーと大夢君、親子がお互いにわかり合うためのテスト。だから、何もする必要はありません。神と親子に任せて見守りましょう」

大夢は無言のまま食事をし、マリーが来ても遊ぶことなく振り払い、一人で過ごす日々が続いた。マリーはそんなことお構いなしに、

「ひろむちゃん、河原にね、クローバーがたくさん、さいていたの。こんど、よつばのクローバー、さがしにいこう」

などと声をかけ続けている。

学校での様子を、他の子供たちに聞くと、学校でも一人で、誰とも話さず、ずっと考え込んでいるふうに見えたそうだ。職員たちが、園長が言うように、このまま何も言わずに見守るだけでいいのか話し合っていた頃、大夢が怪我をして帰ってきた。顔も体も擦り傷だらけで、目の周りと両腕は青あざだらけ、理由を聞いても、何も話してくれない。職員たちが途方にくれていたら、同じ小学校に通う子供とその母親が学園に乗り込み、入り口で騒いでいた。大夢は、学校の友達と取っ組み合いの大喧嘩をしたのだ。

「とにかく、慰謝料を請求します！　うちの子供にこんな大怪我させて。学校にも抗議しますから」

怒り心頭の様子でキーキー喚く母親。職員たちが相談室に案内しようとするが、聞き入

れず、怒りに任せて罵倒しだした。

「そちらの管理不足でしょ!!　どう考えても。うちの子は温和で、自分から喧嘩できる子ではないんですから。まったく、親があんなだから、あなた方もキチンと責任もって見てくれないと!!」

　相手の母親の言葉にカチンときた職員の一人が、

「親があんなってなんですか？」

と睨みつけるように返すと、

「あ、いえ、だって毎日、ピーマンとか玉ねぎの袋詰めして、始終バカみたいにニコニコして、ここに来て子供と遊んでるんでしょ。自分のこともちゃんとできないっていうじゃありませんか。そんな人が子供の躾なんてできませんよ。だから預かっているんでしょ？お宅様が。だから、責任はあなた方にあるってことでしょ!!」

「あのですね!!」

と、職員が相手の母親に言い返そうと構えたが、

「お待たせしました。私、愛育桜学園の園長をしております、小川と言います。大夢、こちらへ来なさい」

園長が大夢を連れて出てきた。

「お母さまの言い分は先ほどから聞こえておりました。ご心境もよくわかりました。ですが、お子様方の話を聞いてから、今後のお話をさせていただきたいのですが、いかがでしょうか」

園長の微笑みとは裏腹に、いつもはキラキラ輝きを帯びた瞳が鋭い眼光に変化して、気迫めいた力強い言葉に、一瞬ひるんだ母親は負けじと、

「話し合いで済む問題ではありませんよ、うちの子にこんな大怪我させておいて!!」

とさらに大声で返すが、

「ですから、今後のお話も含めて、子供の話を聞いて、慰謝料というお話ならそれもすべて対応しますので、こちらへどうぞ」

と、園長はさらに微笑んで、優しい物腰でかわして、相談室へと入って行った。母親はそれを追うように子供を連れて上がってくる。

「こちらへ、おかけください。どなたか、お茶と、お子様にはジュースをお出しして」

相談室のソファに、喧嘩相手の親子を座らせ、向かい合うように、園長と大夢が座る。

お茶が出されると、母親は一気に飲み干し、一息つくと、

「まずは、怪我をさせた謝罪から」

と話し出したところを、園長が母親を無視するように話を遮る。

「ねえ、僕、お名前教えてくれますか?」

「あなたね、人の話を遮るなんてしつ……」

「お母さま、まずは子供のお話を聞きましょう。お母さまのお話は、先ほどからうかがっていますので、よ〜くわかりました。今度は子供の番です」

「子供が、まともに言えるはずがないじゃないですか。だから母親の私が」

「じゃ、なぜ子供は喧嘩したんですか?」

「それは、そちらの子がうちの子を殴って」

「殴った原因は?」

「げ……原因もなく殴ったに決まってます!」

「大夢、あなたは理由もなく、こちらの子を殴ったのですか?」

大夢は無言のまま、睨むようによそ見をしていたが、目には涙が溜まっていた。それを見た母親が、

「そら、ごらんなさいな、何も言わないのが証拠ですよ。理由もなく殴った証拠です」

と金切り声で怒る母親をよそに、園長は優しい声で大夢に話しかける。

「大夢、いいですか。あなたが理由もなく人を殴ったのであれば、私とマリーの責任ですから、こちらのお子様に対して、謝罪を含め、治療費と慰謝料を払うのは当然のことです。ただ、私は『理由がない理由』が知りたいから、それを教えてほしいの。責めているわけではありません。本当に理由がないの？　それとも言えない理由でもあるのですか？」

優しく聞いても大夢は無言のまま目に涙を溜めている。その様子を見た母親は話にならないと判断して、勝手に話を進め始めた。

「とにかく、理由もなく殴られたのはこちらですから、それ相応の慰謝料を請求します。弁護士たてるなりなんなりなさっても結構ですから」

怒りが収まらない母親の「弁護士」という言葉を聞いた子供が、急に落ち着かない様子を見せ始めた。

「弁護士って？　お母さん」

「弁護士っていうのは、法律に詳しい人のことよ」

「ほうりつ？」

「決まり事のことよ。学校でも習うでしょ？　人を殴ることはいけないことって」

「うん。ぼく……」

相手の子供は何か言いたげだったが、母親は園長と大夢を睨みながら子供の話は聞かず、後日、診断書などを揃えて持ってくると言い残し帰って行った。

その日、大夢は口を閉ざしたまま食事も摂らず、布団の中に籠っていたという。園長も職員たちも、大夢が理由もなく人を殴るような子供ではないことはよくわかっていたが、このまま慰謝料を請求されて払うとなると、大夢が理由もなく殴ったと認めてしまうことになる。

翌朝になっても大夢は布団に籠ったまま出てこない。当然、学校に行く気配もなく、このままでは大夢はいつまでも学校に行けないのではと懸念していたところに、マリーが現れた。いつもなら夕方にしか来ないのに、朝早くに学園に、

「ひろむちゃん。あそぼ。あそぼうよー」

とやってきたのだ。職員たちは驚き、

「大夢君のお母さん、今日は朝から？　どうして？」

「ひろむちゃん、けがしたってきいた。でも、だいじょうぶだって。まりーは、こころのきずなおす」

「心の傷？」

「はい」

マリーはニコニコしながら大夢の部屋に入っていった。


「ひろむちゃん、これ見て」

マリーは布団に籠ったまま出てこない大夢に、小さな箱を出して蓋を開け、中を見せた。大夢が見ようが見まいが続けてマリーが話し始めた。

「これね、きのう、ひろむちゃんのおともだちと、見つけた。でも、ひろむちゃん、べつなおともだちと、ケンカして、けがしたって。べつなおともだちが、まりーの、わるぐち言っていたから、ひろむちゃん、おこってケンカしたって。ひろむちゃん、まりーのこと、かばってくれて、ありがとね。それと、ごめんね。まりーがあたまが、わるいから、ひろむちゃん、ケンカした。でもね、ひろむちゃん、ほかの人が言うことは、ほんとうのことだよ。まりー、あたまがわるいのも、おぼえられないのも、早くはしれないことも、じてんしゃものれない、ぜんぶ、ほんとうだから、おこらなくていいんだよ」

横で聞いていた職員たちは、なぜ大夢が何も言わないのかわかった。大夢は薄々、自分の母親が、知的能力に難があることは知っているが、母親を他の人と比べた自分にも、さらには馬鹿にしてくる人にも苛立ち、怒りが爆発したようなのだ。

「ひろむちゃん、ひろむちゃんがケンカしたことは、わるくないの。だけど、けがしたこと、けがさせたことは、どっちもわるいの。だから、おともだちとあって、ごめんなさいって言おうよ」

大夢は布団に籠ったまましゃべった。

「……なんで僕がごめんなさいしなきゃなんないの？　あいつが、マリーは馬鹿だからって」

「ほんとうのことを言われると、怒るって。きりたっちゃんがおしえてくれた。だから、ひろむちゃん、怒ったんでしょ？　まりーのこと、かばうために、怒った」

大夢は、のそっと布団から出るとトイレへ駈け込んでいき、戻ってくると、怒りの表情が消えていた。

「僕、お腹空いた」

マリーは満面の笑みで大夢を抱きしめ、その様子をいつもの眼差しで見ていた園長が促した。

「さ、朝ごはんにしましょ。大夢君は昨日の晩も食べてないから、お腹ペコペコでしょ」

「うん。それよりマザー、慰謝料って、昨日の話」

「大丈夫よ。本当のことがわかれば解決できます」

「ひろむちゃん、いたい？」

「いたくない。僕は男だから、これぐらい平気」

「こころのほうが、いたかった？」

「もう平気だよ。マリー、ごめんなさい。嫌いだって言って」

「いいよ。だいじょうぶだよ。まりーは、なにがあっても、ひろむちゃん好き。大好きだから」

「……うん。ねぇ、その箱、何が入っているの？」

「これ、よつばのクローバー、たくさん見つけた。よつばのクローバーは、しあわせをよぶって、ひろむちゃんのおともだち、おしえてくれた」

「マリー、僕、学校の友達いない、友達は作らないよ」

「ん？　おなじクラスって言ってたよ。ひろむちゃん、まちがえてはいけないよ。おともだちは、つくるんじゃくて、なるの。この、クローバーもって、がっこういって、なかなおりして、おともだちになりなさい」

「どうやって？」

「たたいてごめんねって。あそんでって、言えばいいの」

「それでも、なれなかったら？」

「まりー、むずかしいことはわからない。なれなかったら、そのとき、かんがえよ」

マリーと大夢の間に、久しぶりに笑い声が響く。

二日後、大夢と喧嘩した相手が両親と一緒に菓子折を持って、学園に謝罪に来る形で事は終わった。周りで見ていた子供たちが自分の親に話し、その噂話が喧嘩した子供の父親の耳に入り、自分の息子に詰め寄ったところ、本当のことを話したという。

「大夢君、ごめん」

「明宏（あきひろ）!!　ごめんじゃなく、ごめんなさいだ!!　しっかり大きな声で謝りなさい!!」

「大夢君、ごめんなさい。ごめんなさい！」

「もう、あなた、こんなに謝ってるんだから」

「お前は黙っていなさい。そもそもお前がきちんと聞く耳を持っていないから……」

相手の子供の父親と母親が、学園の玄関先でもめ始め、園長も大夢も入る隙がなく様子をみていると、二人の間からひょいとマリーが顔を出した。

「あきひろくん、というのね？」

「うん」

「うんじゃなく、はいと答えなさい!!」

父親はまだ怒っている。子供の頭をぐっと押さえてお辞儀をさせた。

「はい」

子供は泣きじゃくりながら答えた。

「わたしは、ひろむちゃんのおかあさんです。ひろむちゃんも、ちゃんと、ごめんなさいして」

「え？」

「あきひろくんは、ごめんなさいしています。ひろむちゃんも、ケガをさせたんだから、ごめんなさいしてください」

マリーはいつもの笑顔だが、強めの口調で言った。

「あ、はい。ごめんなさい」

大夢は、相手の父親がお辞儀をさせたのを見て、自分もしなければ怒られると思い、深々と頭を下げる。

「ひろむちゃんも、あきひろくんも、まちがえてはいけないよ。おこっているから、ごめんなさいはダメだよ。二人がケガさせたことに、ごめんなさいだよ」

横で見ていた父親は、ハッとした。（親は、自分が育てられたように、子供を育てる。なぜなら、見本がないからだ。自分は父親から、悪いことをしたら、ゲンコツくらってたから、それが怖くて父親に怒られないようにしていた。でもこの人は、何が悪いのか、ちゃんと子供に教えてる。知的障害があるからと侮った自分が、恥ずかしい……）

「大夢君のお母さん、すみませんでした。私は今の言葉を聞いて、目から鱗が落ちました。本当にすみません」

父親の言葉を聞いて、マリーは落ちつきがなくなり動揺した。考えてみれば、今までマリーには「ママ友」ができたことはない。授業参観に行っても、遠巻きに見られるだけで、

ま、

声をかけられたことがない。詰まりながら、なんて返事をしたらいいのか、わからないま

「あ、あのう、まり、いえ、あたし、むずかしいことは、わからなくて、ごめんなさい。

ケンカも、まりー……」

「明宏君、怪我させて、ごめんなさい!!」

大夢が大きな声で謝ると、

「僕もごめんなさい。僕が悪いんだ。大夢君のお母さんの悪口いったから」

と、相手の子供も大きな声で、大夢に謝る。

「これでなかなおりです。これ、あきひろくん、きのう、まりーとクラスのおともだちと、

河原で、あつめました。クローバーです、なかなおりにどうぞ。よつばをたくさんあつめ

ました。よつばのクローバーは、しあわせをよぶんです」

マリーは箱を開けて子供に差し出すと、今度は、子供の両親に視線を配る。

「あ、あたしは、あたまがわるいのも、うごきがおそいのも、ぜんぶほんとうです。でも

ひろむちゃんは、わるくないです。うんどうも、べんきょうもできます。あたしができな

いことを、ここで、おしえてくれるのです。だから、ひろむちゃんはわるくありません」

マリーの発する言葉に、父親は本当に申し訳ないという表情を見せ、母親はバツが悪そうにして視線を合わせることもなかったが、玄関を出るときには小声で「すみませんでした」と言っていた。

その日の夜、食事を終え、マリーがアパートに帰った後、園長は大夢の手を引いて、相談室に掲げてある絵の前に連れて行く。十号サイズの大きさで、ベビーブルーの空に白い月、緑の木々がキラキラ輝き、中心に大きな桜の木が満開に咲き誇り、そよ風が吹いてるかのように、桜の花びらが舞う風景画だった。

「素敵な絵でしょう。これね、マリーが小学四年生の時に描いた絵なんですよ。その日は日曜日でね、中庭で皆で遊んでた時に、ちょうど空を見たら、白いお月様が綺麗だってマリーが言いだして、画用紙と絵具を持ってきて、みんなも真似して持ってきて、スケッチ大会が始まったんですよ。画用紙も大きいのがいいって言うもんだから、代わりになるって言ったら、年間行事が書いてある大きな用紙あるでしょ？　あれしか無くてね、行事が書いてある裏に描いた絵なのよ。裏紙じゃなかったら『残月』って題で、絵のコンクールに出してたわ」

「残月って？」

「お日様が昇っていても、月が白く出てるときがあるでしょ？　それを、残月っていうらしいの」

「残月って、かっこいいね」

　大夢は、マリーとお絵描きで遊ぶことがあるが、マリーが上手いのは、大人だからと思っていた。時々、相談室で見ていた立派な絵を、自分と年が一つしか違わない頃にマリーが描いたことを聞いて、驚くと同時に悲しくなった。

「ねぇ、マザー、マリーは人のことを変な目で見ないのに、なぜ他の人はマリーを変な目で見るのかな……」

「それはね、人は同じであることに安心し、同じでないことに不安と恐怖を感じるからですよ。わかる？」

「……なんとなく。んー、マリーが他の人と違うってこと？」

「そう。あなたのお母さんは、少し違うの。できないことが多いという個性。つまり、性質が人より強いの。これからも、今回のようなことは起きます。心無い言葉を言う人もでてきます。でもね、松下先生や信夫君のような心強い知人もいる。それにね、あなたのお母さんは、素晴らしい絵を描く。喜んでもらいたいっていう愛情で描いてるの。他のお母さんが作るお料理も同じ。おいしいご飯を、喜んで食べてもらいたいという愛情で作ってるの。多少の違いはあるけれど、愛情であることは変わらない。お母さんの愛情は形がそれぞれ違うの。大夢、あなたのお母さんは、誰よりもあなたを愛し、誰よりも慈愛の心を持っている。だから、あなたはこの学園に来たんですよ」

絵を眺めている大夢の目から、大粒の涙が溢れ出て、それはとても温かく、思いつめた大夢の心を解かすかのように優しく頬を流れて、笑顔を取り戻した。

この日のことがきっかけとなって、大夢はクラスの友達とも打ち解け、ケンカ相手とは仲良くなっていき、今も付き合いがある。正直、孤独感から解放されたかというと、そうではない。園長先生が言う通り、マリーと大夢に対して、色眼鏡で見てくる人は後を絶たない。それでも、マリーが人に対して分け隔てがないことや、孤独感を忘れさせてくれる友達のおかげで、他の子供の親と比べることもなくなった。マリーという呼び方はそのままだが、お母さんと呼んでるのと同じで、恥じることなく、尊敬をこめてマリーと呼ぶようになったという。

電車はやがて最寄り駅に近づき、真っ暗だった窓の向こうは、少しずつ明るい夜景が広がり始めた。

## 優しさに触れて

「大夢、準備できた？」

「うん。できたよ。あ、麻衣子、救急箱、持って行こ」

「いる？　救急箱」

「いる。たぶん」


大夢と麻衣子は恋人同士になり、大夢のマンションで同棲を始めた。今日は加納のキッチンカーがある公園にお出かけ。十五分ほど歩くと大きな広場がある。犬の散歩やフリスビーで遊ぶカップル、レジャーシートを広げてお弁当を食べる家族連れ。そこは幸せの宝庫。端の方に加納のキッチンカーが停まっている。

大夢と麻衣子に気づいた加納が手を挙げて声をかけてきた。

「おーい大夢！」

その声に反応したのが、自転車に乗る練習をしていたマリーと渉だった。マリーは長い入院で自転車に乗れなくなっていた。渉が自転車の後ろを持って、マリーはハンドルをつかんでいたが、加納の声で大夢に気づき、例のごとく両手をハンドルから離して万歳の格好で手を振った瞬間！　渉が、

「おい！　両手はなすっ……」

と言うと同時にズザザー、ドシーン!!!

マリーは自転車ごと転び、というか自転車から落ち、渉は防ごうとしたが間に合わず二人とも転げてしまった。

「ね。救急箱いるでしょ」

と得意げに大夢は麻衣子に言った。

「さすが、マザコン」

大夢の肩をポンと押す麻衣子は、大夢の後ろ姿を見ながら思い返していた。

（マリーが岩瀬さんに刺されて病院に運ばれ、手術を受けたあの日から、三か月経ったんだ……いろいろなことがあったなぁ……）

初めて大夢と想いを確かめ合ったあの日。霧島ハウスへ行った帰りの電車の中で、大夢の生い立ちを聞いた私は、自分がいかに恵まれた環境で育ったのか、マリーと大夢との出会いがなければ、一生気づかなかったかもしれないと思い知った。

私の目には、マリーは良い人たちに囲まれているように映っていたけど、知的障害を理由に人から避けられたり、見下されたり。

「きりたっちゃん」の親族からも、聞くに堪えない仕打ちを受けていた。すべて、「偏見」によるもの……。

大夢が私に惹かれたのは、マリーに対して哀れみも何もなく、「一人の友達」として普通に接して偏見など持たないと感じたとからだと言う……。それは、温厚で平凡なサラリーマンの父と、専業主婦の母、二人が愛情をそそいでくれたおかげ。今度は私が人に愛情をそそごうと思う……。

マリーを刺した岩瀬さんは、その場で逮捕されたけれど、マリーは被害届が出せる状態ではなかったし、マリーは出さないとわかっていた大夢も何もしなかった。その当時の岩瀬さんが心神喪失状態だったこともあって、執行猶予がついた。

「釈放された日、渉が迎えに来てくれたの。深々と頭下げて、謝ってくれた……。そんなことされるほうが、傷つくのにね。ほんとに女心のわからない奴。あの日、当てつけに渉の前で死んでやろうと思って会社に行ったの。それをあなたが止めてくれた……。本当にごめんなさい」

長かった髪をベリーショートにして、眠っているマリーに涙を流しながら謝っていた岩瀬さんに、大夢はいった。

「大丈夫ですよ。あなたのせいではありません。マリーもきっとそう言うと思います」

岩瀬さん、本当に何度も頭を下げていた。もう響への歪んだ執着はないとも言っていた。

それよりも、ナイフが刺さったときの感触が忘れられず、自己嫌悪に陥る日々もあったけど、マリーが言った「だいじょうぶ」という言葉と笑顔が支えになった。新しい就職先を見つけ、キャリアアップを目指す傍ら、障害のある人のための福祉の勉強しながら、そのボランティア活動を始めたらしい。

さらに、子猫のウイリーを拾った日に出会った元ホームレスの山下さんが家族と見舞いに訪れた。

山下さんは、マリーに拾われて過ごした二日間、久しぶりに人間らしい生活を味わった後、どうしても家族のことが頭から離れず、勇気を出して家族のもとに帰った。山下さんの奥さんは離婚届を提出せず、夫がいつでも戻ってこられるよう、パートを掛け持ちし、中学生の息子さんは新聞配達をしながら受験勉強を頑張っていた。残念ながら会社は手放し、自宅も借金返済のために売り、自宅のすぐそばのアパートに移り住んで帰宅を待っていたという。

眠ったままのマリーに、山下さんの奥さんが、

「……実はね、うちの人、もう帰ってこないんじゃないかって、諦めたときもあったんですよ。でも、こうして会えて。あなたのおかげです。ありがとうございます……。昔の家は広くて立派でしたけど、思えば、家族で会話らしい会話をしてこなかった。今のアパートは狭くて汚い所で、喧嘩もよくするけど、話し合うことも増えて、お互いにどう思っているのか、わかり合えるようになりました……」

作業着姿の山下さんと、ベージュのポロシャツに紺のジーンズの奥さん、制服姿の息子さん、三人が寄り添ってマリーの手を握りしめ、マリーのおかげで一から出直すことができたと感謝していた。

山下さんは建築関係の仕事に戻り、もう一度、独立を目指しているという。マリーが目覚めるまで、仕事の合間を見ては見舞いに訪れていた。

他にも、私が大夢と知り合う前に「拾われた」という女子高生や、元ホームレスのトラック乗りのおじさん、多数の人がマリーの見舞いに来て、大夢を激励して帰っていく日々が続いていた。

マリーと出会ったほとんどの人たちが、マリーの回復を祈って、毎日、入れ替わり立ち替わり訪れた。

私には、この二人は人を変える力があるように思える。この二人の優しさに触れると、誰もが持っている本来の優しさが目覚め、笑顔を取り戻す。

あの響でさえ……。

「なぁ、麻衣」

「うわっ、久しぶりね。その呼び名。いつもは『おい』なのに」

「従兄妹同士なんだから、いいだろ。それより、昔みたいに『渉』って呼べ！」

「どうしたの？　急に……」

「いいだろ。前向きな心境の変化だよ」

渉でさえ、自分の殻に閉じこもって、根無し草のようにフラフラとし、その日暮らしで飲んだくれて、どうしようもなかったのに……。

「前向きな心境の変化って？」

「ピアノが好きで、弾くだけでいいって心境だよ。ピアニストの肩書に自分を縛り付けて、上手く弾くことばかり考えて、他人の評価ばかり気にして、俺のピアノで人を感動させるんだって思いあがって……心が不自由だった。自分で不自由にしてたんだ。それをマリーが解放してくれた。おかげで心が自由になった。そういう心境なんだ」

そう話す渉は、照れくさそうに笑顔を見せた。

大夢が言うには、マリーには、渉の中にピアノから離れられない渉が見えていたという。だからあの日、グランドピアノがある『霧島ハウス』に案内した。あのピアノを見たら、ピアノ好きなら弾かずにいられなくなるらしい。現にあの日、一晩中弾き続けたみたいで、大夢が様子を見に行ったときには、座ったまま鍵盤に突っ伏して寝ていたそうだ。

いくつもの茶封筒に分けて『霧島ハウス』までの道のりを書いたのは、渉はお子ちゃまで天邪鬼だから、普通の地図を書いても無視するだろうから、なぞなぞみたいに送ったほうがいいと、渉の性格を見抜いたマリーのアイデアらしい。

それからは渉は仕事を辞め、大夢に土下座し、

「あのグランドピアノの家を貸してください!!」

と頼み込んだ。まぁ、大夢は人が良いから断らないけど。

渉は一人で片付けから家の修復から全部やって、お化け屋敷のような風貌の家を「ピアノサロン」と称し、弾きたい人にピアノを教えるようになった。それだとあまり収入にはならないから、二時間かけて今まで飲みに行っていたスナックに通い、ピアノ弾きとして働いた。スナックの常連スーさん、本名須山利幸(すやまとしゆき)さんは元音楽プロデューサーなので、渉の協力者となってくれた。ピアノの仕事もくれて、そのためもあってか渉は毎日ピアノを弾き続けた。

毎日弾いていたおかげで、渉は右手の指がスムーズに動くようになったので、マリーがいる病室にピアノを持ち込んで演奏を聴かせたいと、大村医師に願い出た。大村医師は、録音ではダメなのか？　と簡単には承諾してくれなかったけど、大夢と信夫先生も加わり、眠っている人が少ない食事の時間帯ならばということで許可をもらうことができた。ところが、ピアノの搬送の人手が足りない。費用もかかる。それに病室が狭い。それでも、渉は頑として、「霧島さんが使っていたピアノで聴かせたいんだ」と譲らず、その情熱に打たれた加納さんと私の職場の同僚、つまりマリーの同僚が集まり、大村医師を説得。その大村医師と信夫先生の協力で、マリーを一時的に広い個室へ移し、大夢とマリーのマンションからアップライトピアノをそこに運び込んだ。その中には、ボランティア仲間を率いた岩瀬さんもいた。マリーのお見舞いに来ていた人たちもいた。

そして……

マリーの病室では燕尾服を着た渉がピアノを弾き始める。曲は霧島達夫の最後の幻の名曲『優しさに触れて』だった。その姿は、大夢とマリーの住む部屋の玄関にある「きりたっちゃん」と同じだった。私はあんなに美しい二人を見たことがないと感じた。数か月前まで世を拗ねて、ぐれて何もかも放り投げていた渉が、今はピアニストとして活躍していた頃のように、いやそれ以上に素晴らしい演奏をしている。

ピアノは病院全体に響いて、通りを歩く人までもが病院に入ってくるほどだ。マリーの病室の周りはやがて人で埋め尽くされた。患者、看護師、ドクターや掃除のおばちゃん、皆、魅了されている。弾き終わると、病院中から「ブラボー！　ブラボー！」の声と拍手喝采、スタンディングオベーションだった。

その数分後、二か月振りにマリーは意識を取り戻した。信夫先生は大夢に聞いた。

「な、大夢、渉に霧島の話ししたのか？」

「いいや。うちの玄関のポスターを見て、渉さんが燕尾服着るって言いだしたんだ」

「あのときと同じだよ。お前が生まれて、マリーは意識不明になったけど、霧島がピアノ弾いたら意識が戻った、あのときと!!!」

信夫先生は驚き、大夢は微笑む。その横で私は大泣きした。

拍手はマリーが目覚めたことでさらに大きく、鳴りやむことなく続いた。慈しみに包まれた空間はより一層輝き、その場にいた人すべてを笑顔にした。

「麻衣子！　どうしたの？　ぼーっとして」

「大夢と出会えてよかったなーって、つくづく実感してたとこよ」

「なんだよ。照れくさいな……加納さんが、ランチ用意できたって、早くおいでよ」

「わかった」

私と大夢さんが一緒に住むようになったきっかけはマリーだった。

意識を取り戻し、リハビリに励むマリーは大夢にこう言ったらしい。

「ひろむちゃん、おやばなれして、まいちゃんと暮らしたら？　まりーは一人で、だいじょうぶだから」

「マリー、一人で大丈夫なわけないでしょ！」

結局、マリーは言い出したら聞かない人だからと大夢が折れて、その様子を見ていた渉が言った。

「俺もついてるから、マリーは大丈夫だよ」

それからどうなっていったのか、それはまたの機会に話すとしましょう。

To be continued!!!

# あとがき

この度は、『優しさに触れて』を手にとっていただき、ありがとうございます。
互いに思いやる心をテーマに、本を読むのは苦手…という方にも、読みやすく、映画を観ている感じになれるように書いてみました。私にとって優しさとは、時として勇気が必要で、例えば、バスや電車で席をゆずるとき、断られた場合を想像してしまうので、とても勇気がいります。〝マリー〟には、その感覚は全くありません。誰にでも優しくできる彼女は、私のあこがれでもあるのです。またどこかで、この物語の続きに会えることを願いつつ、この場をお借りして、ここまでお読みくださった読者の皆様と、執筆にあたり応援してくださった皆様に、心より感謝申し上げます。

杉久保　清美

## 著者プロフィール

**杉久保 清美**（すぎくぼ きよみ）

2月13日生まれ
宮崎県出身
宮崎私立宮崎女子高等学校卒業（現在は宮崎学園というらしいです）
小説家になりたくて今回初めて書いてみた。
社交サロン　ザ・クラブジャパン関西、CS・ホスピタリティ・アカデミーの幹事。
モットーは、「お金と時間と愛情にケチではいけない」
株式会社ユニティー代理店

## 優しさに触れて

2023年7月15日　初版第1刷発行

著　者　杉久保 清美
発行者　瓜谷 綱延
発行所　株式会社文芸社
〒160-0022　東京都新宿区新宿1－10－1
電話　03-5369-3060（代表）
03-5369-2299（販売）

印刷所　株式会社平河工業社


ISBN978-4-286-23840-1